शरलॉक होम्स
की उत्कृष्ट कहानियाँ

(खण्ड-2)

रहस्य एवं रोमांच से भरपूर सदाबहार जासूसी कहानियाँ

अनुवाद एवं रूपांतरण
तरुण कुमार वाहो

यूनीकॉर्न बुक्स

प्रकाशक
यूनीकॉर्न बुक्स

F-2/16, अंसारी रोड, दरियागंज, नई दिल्ली-110002
☎ 23275434, 23262683, 23250704 • Fax: 011-23257790
ई-मेल: info@unicornbooks.in • वेबसाइट: www.unicornbooks.in

शाखा : मुम्बई

23-25, जाओबा वाड़ी, ठाकुरद्वार, मुम्बई-401002
☎ 022-22010941, 022-22053387
ई-मेल: rapidex@bom5.vsnl.net.in

ISBN: 978-81-7806-360-7

संस्करण : 2016

मुद्रकः परम ऑफसेटर्स, ओखला, नई दिल्ली-110020

विषय-सूची

लव, डायमंड और धोखा !!!

(The Adventure of the Beryl Coronet)

फरवरी महीने की वह ठिठुरती सुबह !

एक दिन पहले ही भारी बर्फबारी हुई थी | बेकर स्ट्रीट और उसके आसपास का पूरा क्षेत्र बर्फ की सफेद चादर से ढक गया था | इस समय आकाश साफ़ था | नीले आकाश पर सूरज किसी 'ताज' के समान चमक रहा था | बर्फ पर पड़ती हुई सूर्य की तेज किरणें ऐसी चमकदार झिलमिलाहटें पैदा कर रही थी कि जैसे चारों और हीरे के नन्हें-नन्हें टुकड़े बिखेर दिये गये हों |

नजारा निसंदेह खूबसूरत था | प्रकृते ने दिल खोल कर प्राकृतिक सौन्दर्य बिखेरा था | सड़क के दोनों ओर बने फुटपाथ भी बर्फ से ढक चुके थे | सड़क के ऊपर से ट्रैफिक के निकलने के लिये बर्फ को साफ़ कर दिया गया था पर फिसलन अभी भी थी | ट्रैफिक के टायरों के लिये तो उस फिसलन भरी सड़क पर ग्रिप बनाना असान था लेकिन उस पर पैदल चलना खतरे से खाली नहीं था | पाँव कभी भी फिसल सकते थे | हडडी कभी भी टूट सकती थी |

मैं उस वक्त शरलॉक होम्स के घर की खिड़की से बाहर के उस अदभुत सौन्दर्य को निहार रहा था और यूं ही नहीं निहार रहा था | उस प्रकृति दर्शन से मुझे भी एक अनोखी पॉजिटिव एनर्जी मिल रही थी जो मुझे दिन भर उत्साह की ऊर्जा से भरे रखने के लिये जरूरी भी थी |अचानक मैं चौंक पड़ा | मेरी निगाहें किसी पर केंद्रित हो गईं | ठीक उसी पल शरलॉक होम्स की आवाज मेरे कानों में पड़ी – "कॉफी आ चुकी है डॉक्टर वाटसन ! बाहर मौसम ठंडा हो रहा है और इधर कॉफी !"

पर मेरी निगाहें अभी भी किसी पर थीं | वो बड़ी बदहवासी से 'मेट्रोपॉलिटन रेलवे स्टेशन' की दिशा से बर्फ पर दौड़ा आ रहा था | उसके पांव घुटनों तक बर्फ में घुसे जाते थे | जूते शायद बर्फ में चलने में बाधा उत्पन्न कर रहे थे इसलिये उसने जूते शायद कहीं पीछे छोड़ दिये थे | वो

इस बात के लिये भी फिक्रमंद नहीं था कि इस प्रकार बर्फ के लगातार सम्पर्क में रहने से उसके पांव 'फ्रोस्ट बाईट' का शिकार हो कर हमेशा के लिये बेकार हो सकते हैं |

"एकदम पागल है ये आदमी !"

"कौन आदमी ?" शरलॉक होम्स ने मेरी तरफ देखते हुए पूछा था |

लेकिन मैं अभी भी उसी आदमी की तरफ देख रहा था – "पता नहीं ऐसे लोगों के घरवाले भी कैसे ऐसे पागल लोगों को घर से बाहर जाने देते हैं |"

तभी वो फिसल कर गिरा | शुक्र था कि वो बर्फ पर गिरा था इसलिये उसकी हडडी टूटने से बच गई थी | वो थोड़ा और पास आ गया इसलिये मैं देख सकता था कि वो लगभग पचास की उम्र का लम्बे कद का कोई व्यक्ति था | देखने से वो कोई जेंटलमेन लग रहा था | उसके चेहरे से अमीरों वाला रौब टपकता था | उसने एक लम्बा काला फ्रॉक कोट पहना था | अपने पहनावे से वो काफी पैसे वाला प्रतीत होता था लेकिन फिर भी उसकी ड्रेस के मुताबिक़ उसका व्यवहार आपस में मैच नहीं कर रहे थे |

वो जल्दी से जल्दी चलने की कोशिश कर रहा था | इस कोशिश में वो कई बार तो गिरा और कई बार गिरते-गिरते बचा | चलते हुए वो आसपास के बंगलों के नंबर भी पढ़ रहा था | किसी बंगले के नंबर पढ़ने के बाद वो फिर से आगे बढ़ आता था |

'तो क्या उसे किसी विशेष पते की तलाश थी ?'

"मुझे लगता है वो इधर ही आ रहा है ?" मैंने अनुमान लगाया |

"इधर ?" शरलॉक ने कॉफी सिप करते हुए कहा |

"हां ! मेरा अनुमान गलत नहीं था | वो हांफते-खांसते हुए इधर ही आ रहा है | उसकी हालत खराब है | वो तुम्हारे बंगले का नंबर देख रहा है |"

"तुम लाईव कमेंट्री करके अपनी कॉफी क्यों ठंडी कर रहे हो ? यदि वो इधर आ रहा है तो इधर आ ही जायेगा |"

"तुम्हारे बंगले का नंबर देख कर उसके कदम ठिठक गये हैं | मैंने कहा था न कि वो इधर ही आ रहा है | वो बंगले को ऊपर से नीचे की तरफ देखने के बाद अब उसके मेन गेट की तरफ बढ़ रहा है | वो डोर बेल बजाने वाला है | अभी डोर बेल बजेगी |"

इसी पल डोर बेल की तेज आवाजें वहां गूंज उठी | आवाज कुछ देर तक गूंजती रही |

"अरे ! वो लगातार उसे बजाए जा रहा है |"

"घबराओ नहीं | बिली दरवाजा खोल देगा |" बिली शरलॉक होम्स का विश्वास पात्र आदमी था जो उसके घर की देखभाल के साथ उसके कुछ जरूरी कामों में उसकी मदद भी करता था |

थोड़ी ही देर में वो उनके सामने था | बिली शरलॉक की इजाजत से उसे वहां छोड़ गया था | वो इतना घबराया हुआ था कि कुछ देर तक तो उसके मुंह से कोई बोल ही नहीं फूटा | उसकी सांस बहुत तेज चल रही थी | ऐसा होना ही था | वो बर्फ में बहुत तेजी से और शायद मेट्रोपॉलिटन रेलवे स्टेशन से ही पैदल चल कर आ रहा था |

"अ... आप दोनों में शरलॉक होम्स कौन हैं ?" वो अपनी साँसों को नियंत्रित करते हुए बड़ी मुश्किल से बोल पाया |

"मैं ! मैं शरलॉक होम्स हूं और ये मेरे अभिन्न मित्र डॉक्टर वाटसन हैं जो मुझे मेरे हर केस में असिस्ट करते हैं | आप...बैठिये !"

वो बैठा नहीं था | सहसा उसने अपना सिर दीवार से टिका दिया और अपने सिर को अपने बाजू से कवर करते हुए मुंह छुपा कर रोने लगा | उसकी इस हरकत से दोनों बौखला कर एक-दूसरे की तरफ देखने लगे | उन्हें उस इंसान से ऐसी किसी हरकत की उम्मीद नहीं थी | वो बच्चों की तरह फूट-फूट कर रोने लगा |

शरलॉक होम्स तेजी के साथ अपनी जगह से उठ खड़ा हुआ और उस आदमी को सांत्वना सी देते हुए बोला – "आप...आप घबरायें नहीं ! प्लीज ! आप शांत हो जायें |"

"इसमें कोई शक नहीं कि मेरी हालत देख कर आप मुझे पागल समझ रहे होंगे !" वो बैठते हुए बोला |

"नहीं ! आपको देख कर मुझे लगता है कि आप किसी मुश्किल में हैं | आप की जो कोई भी समस्या है हम उसे सुनेंगे और जितना हो सकेगा आपकी मदद करने की कोशिश करेंगे |"

शरलॉक ने उसे हाथ से पकड़ कर अपने पास पड़ी हुई कुर्सी पर बैठाया | शरलॉक के आत्मीयता से भरे शब्दों को सुन कर कुछ कहने का उसका आत्मविश्वास जैसे लौटा |

उसने कहना शुरू किया – "एक इंसान के पास उसका आत्मसम्मान ही उसकी सबसे बड़ी दौलत होती है | यदि वह ही ना रहे तो इंसान की जिंदगी का कोई मतलब नहीं रह जाता | मेरे साथ जो हुआ है उसके कारण मेरा जमीर मुझे धिक्कार रहा है | लोग मुझ पर लांछन लगायेंगे | ये दोनों चीजें मेरे लिये असहनीय होंगी | मैं एक इज्जतदार इंसान हूं | मैं ये सब बर्दाश्त नहीं कर सकता | लेकिन मेरी समस्या ये है कि अभी तो मैं मर भी नहीं सकता वरना कब का मौत को गले लगा लिया होता |"

"कंट्रोल योर सेल्फ ! प्लीज ! और हमें साफ़-साफ़ और सिलसलेवार बताईये कि आप कौन हैं और आपके साथ क्या हुआ है ?"

"मेरा नाम... !" उसने अपनी सांसों को नियंत्रित करते हुए कहा – "...शायद आपने मेरे बारे में कभी सुना हो ! मेरा नाम अलेक्जेंडर होल्डर है | थ्रेडनीडल स्ट्रीट में स्थित प्रसिद्ध होल्डर एंड स्टीवेंसन बैंकिंग फर्म का पार्टनर !"

शरलॉक इत्यादि जानते थे कि प्राईवेट सेक्टर में यह लंदन की दूसरी सबसे बड़ी बैंकिंग संस्था है | वो कुछ देर चुप हो गया था | उन्हें भी यह जानने की उत्सुकता थी कि आखिर लंदन की ऐसी संस्था के निदेशक के साथ ऐसा क्या हुआ होगा जिसने उसकी हालत इतनी दयनीय बना दी थी कि वो जान देने तक के बारे में सोचने लगा था | "इस केस में जब पुलिस ने मुझे आपकी मदद लेने को कहा तो मेरे पास इसके बारे में सोचने तक का समय नहीं था | मैंने आपका नाम सुना था | आपकी योग्यता से परिचित था | मेरे लिये एक-एक पल कीमती था | मुझे लगा कि अब तो समय की ही कीमत है | मैंने एक पल में ही आपसे मिलने का निर्णय कर लिया |

मैं रेलवे स्टेशन से पैदल ही चला आया क्योंकि वहां से सवारी लेने का मतलब था समय की बर्बादी | पूरे रास्ते में भारी बर्फ पड़ी थी | कई जगहों पर रास्ते में फिसलन थी | सवारी को यहां पहुंचने में देर हो सकती थी जबकि मैं जल्दी आपसे मिलना चाहता था | पैदल चलने का अभ्यास ना होने के कारण सांसे उखड़ने लगीं लेकिन मैं नहीं रुका | आखिर मैं आप तक

पहुंच गया और अब मैं अपनी जानकारी के मुताबिक़ आपको सिलसिले वार पूरी बातें विस्तार से बताता हूं |"

उसने आगे कहा – "हमारे बैंकिंग व्यवसाय की सफलता इस बात पर निर्भर करती है कि हमें हमारी इन्वेस्टमेंट का क्या रिटर्न मिला ? हमारे बिजनिस का आधार विभिन्न जरूरतों के लिये अपने ग्राहकों को लोन उपलब्ध कराना है | लोन की सेफ्टी के लिये कस्टमर द्वारा रखी गई सिक्युरिटी मायने रखती है | पिछले कुछ सालों में हमने गुडविल के साथ अच्छा पैसा भी कमाया है | लंदन के जाने-माने बिजनिसमैन हमारे कस्टमर हैं जिन्हें हमने बड़े-बड़े लोन उपलब्ध करवाए हैं |

अभी कल ही की बात है | सुबह बैंक खुलते ही इंग्लैंड का एक बेहद सम्मानित बिजनिस मैन हमारे बैंक पहुंचा | उसके बारे में मुझे किसी को भी नहीं बताना चाहिये, आपको भी नहीं, क्योंकि हम अपने ग्राहकों की पहचान को हमेशा गोपनीय रखते हैं | मैं उसे देख कर खुश था | बैंक को उससे मोटे प्रॉफिट की उम्मीद थी | वो बहुत जल्दी में था | वो किसी औपचारिकता की बातों में ना पड़ कर सीधे मुद्दे की बात करना चाहता था |

"उसने कहा – 'मिस्टर होल्डर ! मैं जानता हूं कि आप बड़े लोन देते हैं |'

'आपने ठीक सुना है लेकिन बैंक द्वारा दिया जाने वाला लोन अमाउंट इस बात पर निर्भर करता है कि ग्राहक के पास बैंक के पास रखवाने के लिये सिक्युरिटी की क्या वैल्यू है ?' मैंने कहा |

'उसकी चिंता आपको करने की कोई जरूरत नहीं | मुझे वास्तव में पचास हजार पाउंड्स की तुरन्त जरूरत है | हालांकि मैं चांहू तो इस अमाउंट का दस गुणा भी अपने फ्रेंड्स या रिश्तेदारों से ले सकता हूं लेकिन मेरी मजबूरी है कि मैं ऐसा नहीं कर सकता क्योंकि इसके लिये मुझे उन्हें शायद धन की जरूरत की अपनी मजबूरी बतानी होगी जो कि मेरे लिये बिल्कुल भी सम्भव नहीं होगा |'

'हां ! यह आपने ठीक कहा | बैंक को आपकी उस पर्सनल डिटेल में कोई दिलचस्पी नहीं होगी | आपको लोन मिल सकता है | वैसे बाय-द-वे आपको लोन कितने समय के लिये चाहिये होगा ?'

'सिर्फ एक सप्ताह के लिये !'

'ओनली फॉर वन वीक ?'

'हां ! अगले सोमवार को मैं पूरे ब्याज सहित आपका लोन चुकता कर दूंगा | ब्याज भी जो बैंक चाहे मैं उसे दूंगा लेकिन रकम मुझे अभी इसी वक्त चाहिये |'

'हम बैंक के बिजनिस के साथ अपने ग्राहकों की जरूरतों और खुशी का भी पूरा-पूरा ध्यान रखते हैं | मुझे आपके साथ बिजनिस करके बहुत खुशी होगी | आपको पूरी रकम अभी मिल जायेगी | बस कुछ औपचारिकताएं पूरी करनी होंगी |'

'मैं जानता हूं आप सिक्युरिटी के बारे में जानने को उत्सुक हैं ?'

मैं वास्तव में था |

उसने अपने कोट की जेब में से एक छोटा नक्काशीदार केस निकाला | मैं जानने को उत्सुक हो रहा था कि उसमें क्या है ? उसने कहा – 'आपने बेरिल कॉरोनेट के बारे में जरूर सुना होगा ?'

'चालीस कम एक उनतालिस शानदार हीरों से जड़ा हुआ वह खूबसूरत ताज जिसे एक पब्लिक ऑक्शन में खरीदा गया था ?'

'हां ! उसे मैंने ही खरीदा था।' उसने उनतालिस हीरों से झिलमिलाते उस खूबसूरत ताज को उस शानदार नक्काशीदार केस से बाहर निकाला तो मेरी आंखें भी उसकी उसकी खूबसूरती को देख कर फटी की फटी रह गईं। मैं अपलक उसे देखता रह गया। वो एक नायाब, वेशकीमती ताज था। वो किसी राजा के एम्पायर का ही नहीं, बल्कि ज्यूलरी की दुनिया का भी अदभुत ताज ही था। उसमें से अदभुत बैंगनी किरणें फूट रही थीं। उसकी सही कीमत का पता होना तो दूर, उसका अनुमान लगा पाना भी शायद कठिन था।

'तुम्हारे लोन की एवज में मैं इसे तुम्हारी सिक्युरिटी में छोड़ता हूं।' उसने उस वेशकीमती ताज को मेरे हाथों में दे दिया।

मैं यकीन नहीं कर पा रहा था कि जिसको एक झलक पाना भी किसी के लिये खुशकिस्मती हो सकती थी, दुनिया की वो नायाब चीज 'बेरिल कॉरोनेट' इस वक्त सचमुच मेरे हाथों में था। कुछ देर के लिये जैसे मैं दुनिया ही भूल गया था। लेकिन मैं सपना नहीं देख रहा था।

मुझे चुप देख कर उसने कहा – 'क्या आपको इस पर या इसकी कीमत पर कोई संदेह है ?'

'मार्वलस ! यह सचमुच शानदार है। मुझे इसकी कीमत को लेकर कोई संदेह नहीं है लेकिन मुझे एक बात की शंका हो रही है कि ...?'

'...इतनी अनमोल वेशकीमती चीज को मै इतने छोटे अमाउंट के लिये आपके पास क्यों छोड़ रहा हूं ? यदि ऐसा है तो आपको इस बारे में सोचने की कोई जरूरत नहीं है। हां ! यदि इसकी एवज मे लोन अमाउंट ज्यादा है तो आप बता सकते हैं ?'

'आप मजाक कर रहे हैं ! यह सिक्युरिटी बहुत ज्यादा है।'

'इसकी सुरक्षा अब आपके जिम्मे है। मुझे पूरा विश्वास है कि आप इसकी सुरक्षा में कोई कसर नहीं छोड़ेंगे। यदि इसे कोई नुकसान पहुंचा तो बहुत बड़ा स्केंडल खड़ा हो जायेगा। इसमें जो हीरे जड़े गये हैं, पूरी दुनिया में उनका मैच मिलना मुश्किल ही नहीं, नामुमकिन है।'

उसकी चिंता जायज थी लेकिन यह हमारा बिजनिस था। मैंने उसे आश्वस्त करने की मुद्रा में गर्दन हिलाते हुए कैशियर को रकम लाने को

कहा | वो रकम ले कर चला गया | वो शानदार ताज बेरिल कॉरोनेट उसी नक्काशीदार केस में मेरे सामने टेबल पर पड़ा था | अब मेरी हिम्मत उसे खोल कर दोबारा देखने तक की नहीं हो रही थी | मैं उसकी सुरक्षा के प्रति चिंता में था | मैं उस पर एक खरोंच तक लगने नहीं देना चाहता था |

इसलिये उसे मैंने अपनी प्राईवेट सेफ में सुरक्षित रख दिया और अपने काम में लग गया लेकिन मेरा दिमाग वहीं लगा था |

क्या वो जगह वाकई सुरक्षित थी ?

प्रश्न दिमाग में कौंध रहे थे |

हां !

क्यों नहीं थी ? भला वहां से उसे कौन ले जा सकता था ? शाम होने पर मेरा विचार बदल गया | मुझे लगा कि वो जगह उस बेशकीमती ताज के लिये सुरक्षित नहीं थी क्योंकि मैंने कई बार ऐसी खबरें सुनी थीं कि कुछ लुटेरों ने बैंक में घुस कर हथियारों के बल पर जबरदस्ती वॉल्ट तक लूट लिये | कई बार बैंकों में सेंध लगाने के किस्से भी सुने गये थे |

मेरे लिये अगले कुछ दिन बहुत महत्वपूर्ण थे | मुझे लगा कि नैं उस ताज को 'अकेले' नहीं छोड़ सकता था | मैं उसे अपनी निगाहों के सामने ही रखना चाहता था लेकिन मैं चौबीस घंटे बैंक में भी रुका नहीं रह सकता था | मैंने फैसला किया मैं उसे अपने साथ अपने घर ले जाऊंगा जहां वो मेरे प्राईवेट वॉल्ट में मेरी निगरानी में रहेगा | मेरा घर 'स्ट्रेथम' में था | मैं तब तक ठीक से सांस भी नहीं ले सका जब तक मैंने घर पहुंच कर उसे अपने वॉल्ट में सेफ नहीं रख दिया |"

इतना बता कर होल्डर ने शरलॉक होम्स की तरफ देखा फिर बोला – "और अब आगे बढ़ने से पहले मैं आपको अपने घर और घर के सदस्यों, नौकरों इत्यादि के बारे में बता देना चाहता हूं ताकि इस सम्बन्ध में आपके मन में कुछ सवाल न रहें | मेरे घर में तीन नौकरानियां हैं इनमें से दो कई वर्षों से मेरे घर पर काम कर रही हैं | उन पर मेरे अविश्वास की कोई वजह नहीं है | तीसरी लूसी ! जिसे अभी मैंने कुछ महीने पहले ही रखा है | उसके बारे में मैंने पता लगा कर ही उसे काम पर रखा था | वो अच्छे चाल-चलन की एक नेक लड़की है | अपने काम को पूरी ईमानदारी और लग्न से पूरा करती है | वो खूबसूरत है लेकिन मैं उस पर विश्वास करता हूं |

मेरी पत्नी का देहांत हो चुका है | मेरी भतीजी भी मेरे साथ रहती है | मैरी है उसका नाम | उसके मां-बाप नहीं हैं | मैंने ही उसे अपनी सन्तान की तरह पाल-पोस कर बड़ा किया है | निसंदेह मैं उसे बहुत चाहता हूं | वो मेरे घर में सूर्य की किरण की तरह है | प्यारी | सुंदर | पूरे घर को अच्छी तरह मैनेज करना जानती है |

वो मेरी हर जरूरत का ध्यान वैसे ही रखती है जैसे एक बेटी अपने सगे बाप का भी नहीं रख सकती | मुझे लगता है कि उसके बिना मेरे परिवार का कोई वजूद नहीं | मैं उसके बिना कुछ भी नहीं | मैं उसे अपने दायें हाथ की तरह समझता हूं |

मैरी के अलावा मेरा एक बेटा है आर्थर !

लोग कहते हैं कि मैंने अपने लाड़-प्यार से उसे बिगाड़ दिया है | मिस्टर होम्स ! ये सच है कि उसने मुझे बहुत ही निराश किया है | मैं इसके लिये अपने आप को भी कुसूर वार मानता हूं | उसकी मां के मरने के बाद उसे मां की कमी महसूस ना हो इसके लिये मैंने उसे कुछ ज्यादा ही लाड़-प्यार दिया | उसकी हर इच्छा को पूरा किया | वो जितना चाहता मैं उसे पैसा देता था | मेरे पास यह देखने का समय नहीं था कि उस पैसे का वो क्या इस्तेमाल कर रहा है | यह सच है कि अपने काम की वजह से मैं उस पर अधिक ध्यान नहीं दे पाता था | वो कई महंगे क्लबों का मेम्बर है | उसने अमीरों वाले शौक पाल लिये थे | वो केसिनो शराब इत्यादि पर दिल खोल कर पैसा उड़ाने लगा था |

क्लबों में उसके यार-दोस्त थे | उनमें से कई ड्रग्स इत्यादि भी लेते थे | उसकी संगत खराब होती जा रही थी | उसके दोस्तों में से एक को मैं जानता हूं | उसका नाम है जार्ज बर्नवेल | उसका हमारे घर पर भी आना-जाना था | वो मुझे पसंद नहीं था | वो अपनी हरकतों के लिये क्लबों में बदनाम था | वो उम्र में आर्थर से बड़ा था | मैंने देखा कि दुनिया उसके इशारों पर नाचती है |

जार्ज एक आकर्षक व्यक्तित्व का मालिक था | उसके रॉक स्टाईल के कारण लड़कियां उसकी दीवानी थीं | कह सकते हैं कि वो लड़कियों को फंसाने में माहिर था क्योंकि वो किसी एक के प्रति लॉयल नहीं था | वो उनका फायदा उठाने में भी नहीं चूकता होगा | वो मेरे घर आता था तो मुझे मैरी की चिंता होती थी | मैरी मासूम थी | बड़ी बात ये थी कि वो

जवान हो रही थी | यही वो उम्र होती है जब कोई भी युवा अपने भले-बुरे के बारे में भ्रमित हो कर राह भटक सकता था |

आर्थर मैरी को बहुत पसंद करता है | वो उसे दीवानों की तरह चाहता है | वो उससे शादी करना चाहता है | उसके इस प्रस्ताव का मैंने कभी विरोध नहीं किया | मुझे भी हमेशा लगा कि एक वही है जो उसे सीधे रास्ते पर ला सकती है | शायद उसका साथ पाकर आर्थर गलत लोगों की संगत से दूर हो जाये | पर यह हो ना सका | कारण चाहे जो भी हो पर मैरी ने उसके और मेरे इस प्रस्ताव को क़ुबूल नहीं किया | मैं उससे जिद्द नहीं कर सकता था | जिंदगी उसकी थी | वो जैसे चाहे उसे जी सकती थी | हम उसके साथ मनमानी नहीं कर सकते थे |

और अब तो ऐसा हो भी नहीं सकता | कभी भी नहीं !"

"मेरे विचार में आप बेरिल कॉरोनेट के बारे में बता रहे थे ?" शरलॉक होम्स ने उसे विषय से भटकते देख टोका|

"हां ! उसी के बारे में बता रहा हूं | मैंने अभी कहा कि अब तो ऐसा नहीं हो सकता | कभी भी नहीं | इसके पीछे कारण ये है कि मैंने अपने बेटे आर्थर को पुलिस के हवाले कर दिया है |" उसके चेहरे पर मायूसी और बेटे के प्रति कुछ घृणा के भाव उभरे |

"क्या ? पुलिस के हवाले ? आपने खुद ?" शरलॉक तो चौंका ही था |

मैंने भी मिस्टर होल्डर से हैरान होकर पूछा – "मगर आपने ऐसा क्यों किया मिस्टर होल्डर ?"

"यह बताने से पहले मैं कुछ समय पीछे जाना चाहूंगा |"

हम दोनों उसी की तरफ देख रहे थे |

"जिस रात मैं बेरिल कॉरोनेट को घर लाया उसी रात डिनर के बाद ड्राईंग रूम में कॉफी पीते समय मैंने मैरी और आर्थर के सामने कॉरोनेट का जिक्र किया | कॉफी हमें लूसी ने ही सर्व की थी | मैं निश्चित था कि वो जा चुकी है | कॉरोनेट के बारे में सुन कर दोनों बहुत रोमांचित हुए | दोनों ही उसे देखना चाहते थे लेकिन मैं उसे अब अपनी जगह से डिस्टर्ब नहीं करना चाहता था |"

"आर्थर ने मुझसे पूछा – 'आपने उसे कहां रखा है?'

मैंने उसे बताया – 'मेरे वॉल्ट में ! घर में उससे सुरक्षित कोई जगह नहीं |'

वो हंसा – 'लेकिन इस इलाके में भी रात में कई बार चोरी की वारदातें हो चुकी हैं ?'

मैं वॉल्ट की सुरक्षा के प्रति आश्वस्त था – 'वॉल्ट को खोलना आसान नहीं |'

वो फिर हंसा – 'चोरों के बारे में आपकी सोचें थोड़ा पिछड़ी हुई हैं | थोड़ी सी कोशिश करने पर ही किसी मास्टर चाबी से उस खोला जा सकता है ! जब मैं छोटा था तो मैंने ही एक बार एक पुरानी चाबी से घर की एक अलमारी को खोल लिया था | तो क्या चोर ऐसा नहीं कर सकते ?'

वो अक्सर ऐसी बातें कर जाता था कि मुझे उससे डर लगता था |

मैं वापस अपने रूम में गया | मैं चेक करना चाहता था कि सब कुछ ठीक है ना ? मुझे पता ही नहीं चला कि आर्थर भी मेरे पीछे है | मैं अपनी तिजोरी को खोलना चाहता था कि सहसा मुझे उसकी उपस्थिति का आभास हुआ और मैं चौंक कर पलट गया |

'तुम ? तुम यहां क्या कर रहे हो ?'

'मुझे कुछ पैसों की जरूरत थी |'

'मैं तुम्हें इस महीने बहुत पैसे दे चुका हूं | अब मैं और नहीं दे सकता | अपनी फिजूलखर्ची की आदतों में सुधार करो, तुम्हारी पैसों की जरूरतें कम हो जायेंगी |'

वो गुस्से में पैर पटकता हुआ चला गया | मैं उसकी बार-बार की डिमांड से परेशान हो चुका था | मैं चाहता था कि उसकी आदतों में कुछ सुधार हो | मैंने तिजोरी को खोल कर देखा | कॉरोनेट अपनी जगह पर ही रखा था | मैंने तिजोरी को वापस बंद किया | मैंने घर के उस फ्लोर के कोने-कोने को चेक किया | हालांकि यह सब काम मैरी ही किया करती थी लेकिन उस समय ना जाने क्यों मुझे वह सब जरूरी लगा था |

इसके बाद मैं जब सीढियां उतर कर वापस नीचे आया तो मैंने मैरी को खिड़की के पास खड़े पाया | मुझे देखते ही वह हॉल की खिड़की को जल्दी से बंद करने लगी | मुझे उसकी यह हरकत अजीब लगी |

मैंने उससे पूछा – 'क्या वहां कुछ ऐसा है जो मुझे नहीं देखना चाहिये ?'

वो समझ गई कि मुझे उसकी उस हरकत पर संदेह हो चुका है तो वो बोली – 'डैड ! वास्तव में वहां किचन की खिड़की पर लूसी थी | मैं नहीं चाहती थी कि आप उसे देखकर परेशान हों क्योंकि आप पहले ही कॉरोनेट को लेकर डिस्टर्ब हैं | मैंने वहां किचन के पिछले तरफ किसी को देखा | शायद वो उसका बॉय फ्रेंड होगा जिसके साथ वो किचन की खिड़की पर खड़ी बातें कर रही थी |'

'यह ठीक नहीं है | तुम उससे इस बारे में बात करना | या तुम कहो तो मैं करूं ?'

'मैं खुद करूंगी |'

'तो फिर ठीक है | अब तुम जाकर सो जाओ | रात बहुत हो चुकी है |' मैंने उसे गुड-नाईट 'किस' किया और अपने बेड रूम में चल आया | थका हुआ था | मुझे लेटते ही नींद आ गई |

लेकिन शायद मेरे मन में कहीं ना कहीं कॉरोनेट की सुरक्षा को लेकर चिंता थी | मेरी नींद बीच-बीच में उचट जाती थी | उस वक्त रात के दो बजे थे | अचानक एक खटके की आवाज सुनकर मेरी नींद फिर खुल गई | कहीं कोई चोर तो नहीं ?

कॉरोनेट का ख्याल आते ही मेरे जिस्म में झुरझुरी दौड़ गई | ठीक उसी समय मुझे दबे पांव किसी के पास वाले कमरे की तरफ जाने के स्वर सुनाई पड़े | उधर उसी कमरे में ही तो बेरिल कॉरोनेट था | यह ख्याल आते ही मेरा जिस्म पसीने से नहाने लगा |

मैं बुरी तरह से डर गया था | मैंने उठ कर उस कमरे में जाने का निर्णय किया | मेरे कदम कांप रहे थे | दिल धाड़-धाड़ कर बज रहा था | मैं समझ गया था कि कोई मेरे उस कमरे में है जहां बेरिल कॉरोनेट रखा है | उस समय मुझे अपनी जान की भी परवाह ना थी | मुझे सिर्फ कॉरोनेट की सुरक्षा का ख्याल था |

मैं बाहर निकल कर उस कमरे के सामने पहुंचा | दरवाजा अधखुली अवस्था में था | मैंने एक झटके से दरवाजे को खोला | कमरे में लैम्प की हल्की पीली रौशनी थी | उसके प्रकाश में मैंने जिस शख्स को वहां खड़े

पाया उसे देख कर मेरे होश उड़ गये | मेरी मुट्ठियां गुस्से में भिंच गईं | मेरा चेहरा तन गया | जबड़े कस गये |

'त...तुम ?' मैं चिल्लाया – 'आर्थर... तुम' यहां हो ?'

मेरा वॉल्ट हालांकि बंद था | लेकिन कॉरोनेट आर्थर के हाथ में था | वो बलपूर्वक उसे मोड़ने की या शायद तोड़ने की कोशिश कर रहा था | मैं जैसे सारा माजरा समझ गया था | मैं गुस्से से कांपते हुए चिल्लाया – 'तुम इसे चुराने आये थे | आखिर तुम 'मास्टर-की' से मेरी तिजोरी को खोलने में कामयाब हो गये ? चोर ! अपने ही घर में चोरी की तुमने ? इसे हाथ लगाने की तुम्हारी हिम्मत कैसे हुई ?'

मैंने थर-थर कांपते हुए उसके हाथों से कॉरोनेट को छीन लिया | वो रंगे हाथों पकड़े जाने पर स्तब्ध था | मैं पागल हुआ जा रहा था | मैंने कॉरोनेट को देखा | कॉरोनेट का एक कोना अपनी जगह पर नहीं था | उसे वहां से तोड़ दिया गया था |

'तुमने इसे तोड़ दिया ? तुम इसके और भी हिस्से को तोड़ने की कोशिश कर रहे थे ?'

'म...मैं...!'

'उफ़ !' मैंने उस पर लगे हीरों की गिनती की तो मेरे होश फाख्ता हो गये | उस कोने के साथ ही उस पर लगे तीन बेशकीमती हीरे भी गायब थे |

'इसका एक कोना कहां है ? उस पर लगे तीन हीरे कहां हैं ? तुम जानते हो वो कहां हैं ?'

'मैं नहीं जानता | मुझे नहीं मालूम कि...!'

'बकवास मत करो ! तुम इसके दूसरे हिस्से को भी तोड़ने की कोशिश कर रहे थे | बताओ कहां है इसका तोड़ा हुआ हिस्सा ? उफ़ ! तुमने सब बर्बाद कर दिया | मेरी बनी-बनाई इज्जत धूल में मिला दी | मेरा बिजनिस ख़ाक कर दिया |'

'आप मुझ पर चोरी का इल्जाम लगा रहे हैं ? ओ.के. ! ये सब मैंने किया है | मैं आपका बेटा नहीं, मैं एक चोर हूं मैंने हीरे चुराए हैं | मैंने आपके कीमती बेरिल कॉरोनेट के उस कोने को तोड़ा है जिस पर बहुमूल्य हीरे जड़े थे और एक चोर को आपके घर में नहीं रहना चाहिये | मैं सुबह आपका घर छोड़ दूंगा |'

'यदि तुम उन हीरों का पता नहीं बताओगे तो तुम घर छोड़ोगे लेकिन पुलिस के आने पर |' मैं अपना आपा खो रहा था |

'ओ.के. ! आप पुलिस को बुला लें ! मुझे पुलिस के हवाले कर दें | आप से इसी की उम्मीद थी | कीजिये बाप होने का फर्ज पूरा | बुलाइए पुलिस !'

मैं उसका बाप था लेकिन मैंने उसे रंगे हाथों कॉरोनेट के साथ पाया था | मैंने अपने नौकर को पुलिस को लाने को भेजा | शोरगुल सुन कर मैरी भी वहां आ गई थी | वहां के हालात देख कर जैसे वो सारी कहानी को भांप व समझ गई थी | उसके चेहरे का रंग उड़ गया था | आर्थर के लिए पुलिस बुलाई जा रही थी यह बात उसे गंवारा नहीं हुई थी | उसकी बेचैनी उसके चेहरे से साफ दिखाई पड़ रही थी |

वो मुझे समझाने की कोशिश कर रही थी कि यह सही नहीं है | लेकिन मैं पुलिस बुला चुका था | इंस्पेक्टर एक कॉन्स्टेबल के साथ वहां आ पहुंचा था | मैं हैरान था कि आर्थर किसी ढीठ की भांति छाती पर अपने दोनों हाथ बांधे खड़ा था | इंस्पेक्टर ने इस मामले में मुझे एक बार फिर से सोच लेने को कहा क्योंकि मामला घर के सदस्य से जुड़ा था | लेकिन अब ये मामला प्राईवेट नहीं रह गया था | मेरी अमानत की चोरी हुई थी | मैं इस मामले पर बहुत सख्त था | इस केस में अब कानूनी कार्रवाही बहुत जरूरी थी |

बात बिगड़ती देख मैरी ने आर्थर से कहा – 'आर्थर ! तुम जानते हो तुमने चोरी नहीं की फिर बता क्यों नहीं देते ? इस तरह चुप रहने से काम नहीं चलेगा |'

मैरी के बहुत कहने पर उसने सिर्फ इतना ही कहा – 'तो फिर ठीक है | मुझे पांच मिनट दो | मैं बाहर जाना चाहता हूं | शायद इसी में सबका भला हो !'

मुझे इसमें उसकी कोई चाल दिखी – 'हां ! ताकि हम तुम्हें बाहर जाने का अवसर दें और तुम इस अवसर का लाभ उठा कर यहां से भाग जाओ ! यह नहीं हो सकता बेटे ! जब तक तुम चोरी गये हीरों के बारे में नहीं बता देते तुम कहीं नहीं जाओगे |'

इंस्पेक्टर ने पूछा – 'तुम बाहर क्यों जाना चाहते हो ?'

उसके जवाब से पहले ही मैं बोल पड़ा – 'देखो आर्थर ! अब भी समय है | यदि तुम अपना गुनाह क़ुबूल करके हीरों की बरामदगी देते हो तो अभी

भी बात बन सकती है | तुम मेरे बेटे हो | अभी भी तुम्हें माफ़ी मिल सकती है |' गुस्से में अभी भी मेरे जबड़े भिंचे हुए थे |

इससे वो भड़क गया – 'तो आप अपनी माफ़ी रखिये अपने पास ! इंस्पेक्टर ! आप मुझे अरैस्ट कर सकते हैं |'

मैं उससे भी ज्यादा गुस्से में था – 'इंस्पेक्टर ! ले जाओ इस नालायक को ! साथ ही मेरी तरफ से यह घोषणा करवा दें कि कॉरोनेट के उस टुकड़े या उसकी सूचना लाने वाले को मैं एक हजार पाउंड्स इनाम में दूंगा |' "

"उफ़ ! मिस्टर शरलॉक ! मैं आपको बता नहीं सकता कि मेरा बेटा, मेरी इज्जत, मेरी अमानत मेरी तीनों अनमोल चीजें एक ही रात में, एक साथ मेरे हाथ से निकली जा रही थीं और मैं कुछ नहीं कर पा रहा था |" होल्डर बच्चों की तरह रोने लगा |

"डिनर के बाद कॉफी पीते समय आपने जिस समय कॉरोनेट की बात आर्थर और मैरी को बताई तो आपने कहा कि उस वक्त आपकी मेड लूसी वहां से कॉफी सर्व करके जा चुकी थी | मैं ये जानना चाहता हूं कि क्या उसके जाने के बाद आप निश्चित थे कि कमरे का दरवाजा बंद हो चुका है ?"

"शायद ! पक्का नहीं कह सकता | लेकिन आप ऐसा क्यों पूछ रहे हैं ? चोर को तो मैने रंगे हाथों पकड़ा है | वो मेरा बेटा ही है |"

"कभी-कभी आंखों देखा वो सच भी सच नहीं होता जिसे आंखें देख रही होती हैं | आपमें और मुझमें यही फर्क है | आपने जो देखा उसे मान लिया | आपने जो मुझे दिखाया मैं आसानी से नहीं मान सकता क्योंकि अभी कुछ चीजें हैं जो गले से नहीं उतर रही हैं |"

"कैसी चीजें ?"

"मैं आपसे फिर पूछता हूं | क्या आप अपने बेटे को दोषी मानते हैं ?"

"मैं कह चुका हूं कि कॉरोनेट उसके हाथ में मिला था | उसका एक कोना उस पर जड़े तीन हीरों सहित गायब था और वो उसके एक और कोने को तोड़ने की कोशिश कर रहा था |"

"या यह भी तो हो सकता है कि वो पहले से ही मुड़े या टूटे हुए कोने को सीधा करने की कोशिश कर रहा हो ?"

“मैं खुद चाहता हूं कि ऐसा ही कुछ ही हो | लेकिन यदि ऐसा है तो फिर वो बोलता क्यों नहीं ? बताता क्यों नहीं कि सच क्या है ? उसकी चुप्पी इस बात का सबूत है कि उसने चोरी की है |”

“शायद आपका व्यवहार उसके साथ रुडली हो ? शायद वो आपके द्वारा लगाये गये चोरी के इल्जाम से चिढ़ गया हो ? आपने खुद बताया कि आपने उसे पैसे देने से मना किया था | इससे वो पहले से भी चिढ़ा हो सकता था |”

“ऐसा नहीं हो सकता |”

“तो आपको क्या लगता है कि चोरी पकड़े जाने पर वो चुप क्यों खड़ा रहा ? उसने अपनी सफाई में कोई झूठ बोलने की कोशिश क्यों नहीं की ?”

“जब रंगे हाथ पकड़ा गया था तो झूठ बोलने की गुंजाईश ही कहां रही थी ?”

“फिर भी हर चोर कहता है कि उसने चोरी नहीं की | और...आपने बताया कि आपकी नींद किसी आवाज को सुन कर खुली थी ?”

“हां !”

“यानी आवाज इतनी तेज थी कि किसी की नींद खुल सकती थी ?”

“निसंदेह ! तभी मेरी भी नींद खुली होगी !”

“वेल ! जब खटके की आवाज सुनकर आपकी नींद खुली और आप अपने वॉल्ट वाले कमरे में दाखिल हुए तो कमरे का दरवाजा खुला ही था ?”

“हां !”

“तो क्या आपने सोचा कि एक चोर जो चोरी करने की नीयत से अंदर जा रहा है वो दरवाजा क्यों खुला रखेगा ?”

“मैं केवल इतना जानता हूं कि अगर वो निर्दोष है तो वो वहां क्या करने गया था ? उसने कॉरोनेट को तिजोरी से बाहर क्यों निकाला ?”

“पुलिस का इस बारे में क्या कहना है ?”

“पुलिस को भी आर्थर पर ही शक है |”

"आपने उसे रंगे हाथों पकड़ा था तो पुलिस ने आते ही उसकी तलाशी ली होगी ? क्या तीन हीरों का जड़ा कॉरोनेट का टुकड़ा उसके पास बरामद नहीं हुआ ?"

"नहीं !"

"क्या पुलिस के मुताबिक़ वो पहले ही उसे कहीं छुपा चुका था ?"

"शायद !"

"वो टुकड़ा जो तलाशी में उस वक्त उसके पास नहीं मिला था ? इसका मतलब ये हुआ कि वो कॉरोनेट को पहले तिजोरी से निकाल कर बाहर ले गया | बाहर जाकर उसने केवल तीन हीरों से जड़े एक टुकड़े को ही तोड़ा, जबकि सोचने वाली बात यह है कि उनतालिस हीरों जड़ा पूरा कॉरोनेट उस वक्त उसके हाथ में था | चलो मान लिया उसने ऐसा किया | कॉरोनेट से एक टुकड़ा निकालने के बाद अब उसने शेष बचे हिस्से को वापस तिजोरी में रख आने की सोची | वो वापस कमरे में आया | कमरे में आपने उसे कॉरोनेट का एक और हिस्सा तोड़ने की कोशिश करते हुए देखा | ऐसा आपने ही कहा है मिस्टर होल्डर !"

"ह...हां ! कहा है ! मानता भी हूं |"

"इसका मतलब ऐसा हुआ कि कमरे में वापस आने तक उसकी नीयत और बिगड़ गई | उसने कॉरोनेट का एक हिस्सा और तोड़ने का निश्चय किया |"

"निश्चित रूप से |"

"क्या इन सब बातों को सुनने के बाद भी आपको ऐसा नहीं लगता कि चोरी उसने नहीं की हो सकती है ?"

"यदि ऐसा है तो आप इस सच को साबित करो | आप जासूस हैं | मुझे कॉरोनेट का शेष हिस्सा मिलना चाहिये |"

"वैसे पुलिस क्या कहती है कि हीरे कहां हो सकते हैं ?"

"पुलिस के मुताबिक़ हीरों जड़ा कॉरोनेट का वह टुकड़ा बंगले में ही कहीं भीतर या बाहर छुपाया गया हो सकता है |"

"पुलिस को क्या लगता है कि वो आवाज कैसी थी जिसे सुन कर आपकी नींद टूटी थी ?"

"उनके मुताबिक़ वो आवाज शायद तब हुई होगी जब आर्थर ने दरवाजा अंदर से बंद किया होगा |"

"यानी उस वक्त जब वह कॉरोनेट को लेकर दोबारा उस कमरे में आया होगा ? गुड ! और वह दरवाजा उसने जोर से आवाज के साथ बंद किया, जिसे चोरी की नीयत से कमरे में घुसने वाला 'एक चोर' बंद कर रहा था ?"

"माई डीयर शरलॉक ! शायद उसने ऐसा इसलिये किया होगा क्योंकि ये तो उसे पता था कि वो चोरी कर रहा है लेकिन साथ ही उसे यह भी पता था कि घर भी तो उसके बाप का है |" यह चुटकी लेते हुए मैं मुस्करा रहा था | होल्डर उसकी सूरत ताक रहा था |

"तो क्या पुलिस ने बंगले के भीतर-बाहर की तलाशी ली ?"

"हां ! उन्होंने कमरे में रखे सारे फर्नीचर की बारीकी से तलाशी लेने के बाद बाहर जाकर पूरे गार्डन तक हीरों को तलाश किया |"

"हीरे मिले ?"

"मिल जाते तो मुझे आपके पास आने की क्यों जरूरत होती ?"

"तो ठीक है | हमें सच को फाईंड आउट करने दीजिए ! हमें आपके साथ चलना होगा | मैं आपके बंगले को देखना चाहता हूं |"

हम रेल द्वारा मिस्टर होल्डर के बंगले 'फेयरबैंक' पहुंचे | मुझे होल्डर के साथ भीतर जा कर इन्तजार करने को कह कर शरलॉक इमारत का मुआयना करने निकल गया |

फेयरबैंक एक बहुत बड़े क्षेत्र में फैली हुई सफेद पत्थरों की बनी शानदार इमारत थी | इमारत के फ्रंट पर दो लोहे के बड़े गेट थे | इमारत के बायीं तरफ अस्तबल को जाती एक सड़क थी और दायीं तरफ एक संकरा रास्ता था जो बाहर से इमारत के किचन की तरफ जाता था | इस वक्त वहां भी जगह-जगह पर बर्फ बिखरी पड़ी थी | मैं और होल्डर डाईनिंग हॉल में उसका बेसब्री से इन्तजार कर रहे थे | कमरे में फायर प्लेस में आग जल रही थी जिसकी गर्मी कमरे में महसूस होती थी |

तभी दरवाजे से एक स्लिम व बेहद खूबसूरत लड़की ने प्रवेश किया | वो मध्यम कद की थी | ना बहुत लम्बी ना बहुत छोटी | उसके बाल सुनहरे थे | हमने अनुमान लगाया कि वो होल्डर की बेटी मैरी हो सकती थी | मैरी

होल्डर| उसकी भूरी चमकदार आकर्षक आंखों में उस वक्त चिंता थी | उसका गोरा रंग उस वक्त पीला पड़ा हुआ था | इतना अधिक पीला जैसे उस पर मुर्दनी छाई हो | उसके होंठ सूख रहे थे | उसने भीतर आते ही अपने होंठों को गीला किया था |

वो अपने अंकल के गले में बाहें डाल कर उनसे पूरी आत्मीयता के साथ मिली | उस वक्त भी उसके चेहरे से वो सामान्य भाव नदारद थे जो अपने किसी क्लोज रिलेटिव से मिलते समय चेहरे पर दिखने चाहिये |

उसने बहुत ही निराशा भरे धीमे से स्वर में कहा – "क्या आपने पुलिस को आर्थर को छोड़ने के लिये कहा ?"

"नहीं बेटा ! मैं अभी ऐसा नहीं कर सकता | आर्थर की तरफ से अभी ऐसा कोई बयान सुनने को नहीं मिला जिससे यह लगे कि इस केस में उसकी इन्वॉल्वमेंट नहीं है | यदि वो निर्दोष है उसे बताना चाहिये | उसे पता होना चाहिये कि उसकी चुप्पी उसे मुजरिम बना रही है | क्या वो इतना मूर्ख है कि ये सब बातें नहीं जानता ?"

"वो भले ही चुप हो लेकिन मैं ये बात मानने को तैयार नहीं कि उसने ऐसा किया होगा | ये मेरी आत्मा की आवाज है जो मुझे धोखा नहीं दे सकती | किसी की भी आत्मा की आवाज उसे धोखा नहीं दे सकती | आप अपनी आत्मा से पूछें | क्या वो इस बात की गवाही दे रही है ?"

"यह मेरे लिये भी दर्दनाक है कि मेरा बेटा जेल में है लेकिन मैंने उसे अपनी आंखों से कॉरोनेट के साथ देखा है | अगर उसने ये सब नहीं किया तो फिर वो आखिर मेरे कमरे में क्या करने गया था ? उसने कॉरोनेट को तिजोरी से बाहर क्यों निकाला ? उसे सजा का खौफ नहीं तो वो चाहे जितना समय मर्जी चुप रहे |"

"मैं फिर भी कहूंगी कि आप उस पर आरोप ना लगाते हुए पुलिस को अपना काम करने दें | यदि पुलिस उसे दोषी पाती है तो वो उस पर केस दायर करेगी |" वो बहुत निराश थी | वो बहुत हताश थी | वो बहुत दुखी थी | वो बहुत डिप्रेस्ड थी | आर्थर के जेल में होने की कल्पना ही उसे असहनीय हो रही थी |

"इसीलिए मैंने मास्टर डिटेक्टिव शरलॉक होम्स को इस केस की इन्वेस्टिगेशन के लिये बुलाया है |" उसने पहली बार मेरी तरफ देखा |

उसकी निराशा अभी भी कम ना हुई थी | उसने मेरी तरफ देखते हुए कहा –"क्या ये ?"

"नहीं ! ये नहीं ! ये उनके सहायक डॉक्टर वाटसन हैं | मिस्टर शरलॉक हमारे घर को अच्छी तरह से देखने और उसका मुआयना करने गये हैं | मैंने उन्हें अस्तबल की तरफ जाते हुए देखा था | शायद वे अब भी उधर ही हों |"

उसकी बेचैनी और बढ़ गई थी – "मैंने मास्टर डिटेक्टिव के बारे में सुना है | मुझे उम्मीद है कि वो अपने लक्ष्य तक जरूर पहुंच जायेंगे | मुझे उम्मीद है कि वे आर्थर को बेगुनाह व निर्दोष साबित कर देंगे |"

"जरूर !" ठीक उसी पल शरलॉक ने भीतर कदम रखते हुए कहा – "मेरी पूरी कोशिश होगी कि दोषी क़ानून के पंजे से बचने ना पाये और निर्दोष बेवजह फंसने ना पाये |"

शरलॉक के जूते पूरी तरह बर्फ से भर गये थे जिन्हें उतार कर वो उन पर जमा हो चुकी बर्फ को छंटक रहा था –"लेकिन क्या उससे पहले मैं आपसे कुछ बातें कर सकता हूं ?"

"जरूर ! मुझे आर्थर की चिंता है |"

"क्या तुमने भी कल रात कोई तेज आवाज सुनी थी जैसा कि मिस्टर होल्डर ने बताया था |"

"नहीं ! मैं अपने अंकल की तेज आवाजें सुनकर नीचे पहुंची थी |"

"तुम्हारे अंकल बता रहे थे कि घर की सारी खिड़कियां इत्यादि रात को तुम ही बंद करती हो ?"

"हां !"

"क्या घटना से पहले की रात को भी तुमने ऐसा किया था ?"

"हां !"

"तो क्या अगले दिन सुबह तक भी सभी खिड़कियां बंद थीं ?"

"हां !"

"घटना से पूर्व की रात तुमने अपनी मेड लूसी को बाहर जाते हुए देखा था ?"

"हां !"

"क्या उसका कोई बॉय फ्रेंड भी है ? तुमने अपने अंकल को बताया था कि तुमने उसे अपने बॉय फ्रेंड के साथ बाहर जाते देखा था ?"

"हां !"

"क्या उसकी एक टांग नहीं है और वो लकड़ी की गोलाकार टांग के सहारे चलता है ?"

"ह...हां !" सहसा उसकी आवाज गले में फंसने लगी | वो भौंचक्की होकर शरलॉक की तरफ देखने लगी मानो उसने कोई अजूबी बात कह दी हो | उसने हक्के-बक्के से होकर पूछा – "यह बात आपने कैसे जानी ? क्या आप कोई जादूगर हैं ?"

"नहीं ! इसमें कोई जादूगरी नहीं है | इसे नजर का फेर कहते हैं | अक्सर कुछ लोग कुछ चीजों को नजरंदाज करते हैं | वो उनके लिये गैर जरूरी चीजें होती हैं | लेकिन मेरे लिये नहीं | मेरे लिये वही चीजें बहुत जरूरी होती हैं | खासकर तब तो और भी ज्यादा जब उससे किसी की जिंदगी और मौत का फैसला जुड़ा हो |"

"क्या आपको लगता है कि वो दोनों घर में रॉबरी या चोरी प्लान कर रहे थे ?"

"मेरी समझ में ये नहीं आता कि आप इसमें वक्त खराब क्यों कर रहे हैं ? चोरी आर्थर ने की है | मेरे बेटे ने |"

"मैं अभी इस मुददे पर वापस आऊंगा मिस्टर होल्डर ! हां तो मिस मैरी ! यदि कोई बंगले के भीतर आना चाहे तो ये मेन गेट से आये बिना मुमकिन नहीं | हां, कोई अगर चाहे तो बाहर वाले रास्ते से किचन तक आ सकता है जोकि कुछ ऊंचाई पर दिखती है | यदि कोई उस तरफ से किचन के भीतर आना भी चाहे तो उस ऊंचाई के कारण नहीं आ सकता | लूसी का बॉय फ्रेंड बाहर खड़ा था और किचन में खड़ी लूसी से बातें कर रहा होगा | मुझे लगता है कि घटना वाली रात से पहले की रात तुमने खिड़की बंद करते हुए लूसी को किचन से वापस आते हुए देखा होगा ?"

"हां ! मैंने उसके बॉय फ्रेंड को वापस जाते हुए देखा था |"

"यानी ये वो रास्ता हो सकता है जहां से कॉरोनेट को बाहर भेजा जा सकता है ?"

"क्या फिजूल की बकवास है ? लूसी ऐसा नहीं कर सकती | वो मेरी तिजोरी की तरफ झांक भी नहीं सकती | और तुम बता चुके हो कि उसका

बॉय फ्रेंड लंगड़ा है तो वो अपनी लकड़ी की टांग से किचन की खिड़की से अंदर नहीं आ सकता |" होल्डर कह उठा |

"मेरे विचार में अब मुझे आपके उस कमरे को चल कर देखना चाहिये जहां आपने कॉरोनेट रखा था पर मैं सोचता हूं कि उससे पहले क्यों ना मैं नीचे की खिड़कियों को चेक कर लूं ?"

शरलॉक नीचे गया | हम उसकी कार्यप्रणाली को बड़े ध्यान व रहस्यपूर्ण मुद्रा में देख रहे थे | उसने नीचे की खिड़कियों की बारीकी से जांच की | विशेष कर अस्तबल की तरफ जाती सड़क की तरफ किचन से खुलने वाली खिड़की की |

वो फिर वापस लौटा | इसके बाद हम सभी उस कमरे में पहुंचे जहां कॉरोनेट को रखा गया था |

शरलॉक ने बड़े ध्यान से तिजोरी के लॉक को देखा | लॉक को तोड़ा नहीं गया था | उसके पूछने से पहले ही होल्डर बोल उठा – "इसे केवल

आर्थर ही खोल सकता था | उसने मुझे बताया भी था कि उसने 'मास्टर-की' का प्रयोग कर एक बार बचपन में किसी अलमारी को खोला था |"

"इसकी असली चाबी इस वक्त कहां है?"

"मेरे पास ! यह रही !" होल्डर ने एक चाबी निकाल कर शरलॉक के हाथ में रख दी | शरलॉक ने उससे तिजोरी को खोला | तिजोरी बेआवाज खुली |

"कम से कम इस तिजोरी के खुलने से ऐसी कोई आवाज नहीं हुई जिसके कारण आपकी नींद खुले |"

कॉरोनेट वाला केस तिजोरी में रखा था |

शरलॉक ने उसे बाहर निकाला | उसे उलट-पुलट कर देखा – "मेरे विचार में कॉरोनेट इसी में है ?"

"हां !"

शरलॉक ने उस केस को खोला तो कॉरोनेट की शानदार चमक व झिलमिलाहट से सबकी आंखें चुंधिया गईं |

"सचमुच ! ये शानदार है | ये बेमिसाल है | ये अद्वितीय है |"

"मुझे अफ़सोस होता है कि मैंने अपने घर में भी इसका जिक्र क्यों किया ? मुझे नहीं पता था कि घर का भेदी ही लंका ढायेगा |"

"मिस्टर होल्डर ! आप इसे अपने हाथ में लें |"

होल्डर ने कुछ भी ना समझते हुए कॉरोनेट शरलॉक के हाथ से ले लिया |

"मैं आपसे प्रार्थना करता हूं कि आप इसे अपनी पूरी ताकत लगा कर तोड़ने की कोशिश करें ?"

"ये कैसा बेतुका सवाल है ? इसके मैले हो जाने के डर से मैं इसे हाथ भी लगाने से परहेज कर रहा था और आप इसे मुझे तोड़ने को कहते हैं ?"

"मैं चाहता हूं आप एक बार ऐसा करें |"

"हर्गिज नहीं !"

"तो फिर मुझे दीजिए...|"

शरलॉक ने कॉरोनेट उसके हाथ से ले लिया – "मैं करता हूं |"

होल्डर ने आंखें चौड़ी करके उसे देखा | शरलॉक अपनी ताकत उस कॉरोनेट को तोड़ने में खर्च करने लगा | होल्डर का दिल धड़क उठा | वो टूट गया तो ? शरलॉक ने और भी ताकत लगाई | पूरी ताकत लगाई | लेकिन उसे तोड़ना तो दूर हल्का सा मोड़ भी ना सका |

शरलॉक के होंठ मुस्करा उठे |

"आपने देखा मिस्टर होल्डर ? मैं इसे अपनी पूरी ताकत लगा कर भी या शायद एक्स्ट्रा ताकत लगा कर भी तोड़ नहीं पाया |"

"इससे क्या सिद्ध होता है ?"

"मेरी उंगलियों में अभी बहुत ताकत है | लेकिन ये इतना हार्ड है कि यदि ये दुर्भाग्य से टूट भी जाता तो इसके टूटने से केवल मामूली नहीं, बल्कि गोली चलने जैसी आवाज उत्पन्न होती | क्या आप इस बात को मानते हैं ?" वो चुप रहा था |

"आप मुझे बतायेंगे कि आपने जो आवाज सुनी थी क्या वो इसके तोड़े जाने से पैदा हुई आवाज हो सकती थी ?"

"मैं कह चुका हूं कि मैं उस वक्त आधी नींद में था | शायद वैसी ही आवाज हुई हो और मैंने नींद से जागने पर उस जाती हुई आवाज को सुना हो |"

"तो फिर उस आवाज को किसी और ने भी जरूर सुना होता ?"

"मुझे लगता है कि इसे तोड़ना किसी अधिक ताकत वाले आदमी के भी वश में नहीं है | इसे आर्थर नहीं तोड़ सकता |" मैरी ने कहा |

"अच्छा एक बात और बताइये | जब आर्थर को आपने कॉरोनेट के साथ कमरे में देखा तो क्या वो जूते पहने था ?"

"नहीं ! वो केवल शर्ट और ट्राउजर पहने था | लेकिन इस बात का इस केस से क्या सम्बन्ध है ? घर में कोई जूते पहन कर तो नहीं घूमता ?"

"मेरा भी यही विचार है | मेरा एक विचार और भी हैं कि बर्फ में कोई जूते पहने बिना बाहर भी नहीं जाता | हां ! हालात आपके जैसे ना हों तो ? आप भी नंगे पांव मेरे पास आये थे | मेरे विचार में मुझे एक बार फिर बाहर जाकर देखना होगा |"

वो अकेला ही चला गया | सब बुत बने खड़े रह गये | किसी कि समझ में नहीं आ रहा था कि वो क्या कर रहा है क्या सोच रहा है ? वह एक घंटे

तक बाहर रहा | फिर लौटा | एक बार फिर उसके पांवों में भारी बर्फ चिपकी थी जिसे उसने साफ़ किया |

"मेरे ख्याल में मैं उस घटना को वैसे होते देख चुका हूं जैसे कि वो हुई होगी |"

"फॉर गॉड सेक ! प्लीज ! हमें बताओ कि आप क्या कर रहे हो ? आखिर कल रात को यहां क्या हुआ था ? कॉरोनेट का वो टुकड़ा आखिर कहां है ?"

"सारे रहस्योद्घाटन के लिये आपको कुछ समय अभी और इंतजार करना होगा क्योंकि इस समय मेरे लिये बहुत जरूरी है कि इस किस्से को बयान करने की बजाए मैं कॉरोनेट के उस खोये हिस्से को आप तक पहुंचाने की कोशिश करूं |"

"वो कहां है ? क्या आप उसका पता पा चुके हैं ?"

"मैं कल नौ और दस के बीच आपसे मिलता हूं | आपने मुझ पर विश्वास करके मुझे यहां बुलाया है तो ये मेरा भी फर्ज हो जाता है कि मैं आपके उस विश्वास को बनाये रखूं और इसके लिये भी जरूरी है कि मैं कॉरोनेट के उस हिस्से को आप तक पहुंचाऊं |"

"उसकी बरामदगी मैं अपने भाग्य पर छोड़ता हूं |"

लेकिन मैं जानता था कि कॉरोनेट के गायब हिस्से का मिलना शरलॉक की योग्यता पर अधिक निर्भर था | उसने मुझे साथ नहीं लिया था | मैंने भी इसके लिये उसे कुछ नहीं पूछा था | यदि वो उचित समझता तो मुझे जरूर साथ लेता | इसके बाद मैंने उसे एक लोफर के वेश में बाहर जाते देखा |

अगले दिन !

शरलॉक अपने समय के अनुसार वापस लौटा | मिस्टर होल्डर उस समय हमें बहुत परेशान हालत में दिखे | उसने हमें देखते ही कहा – "सिर्फ दो ही दिन पहले मैं कितना खुश था | मुझे जैसे दुन्यिा की परवाह न थी लेकिन दो ही रातों में मैं कितना कुछ खो चुका हूं | पहले अपना मान-सम्मान ! फिर बेटा ! और अब अपनी भतीजी !"

"वो कहां गई ?" शरलॉक ने पूछा |

"आज सुबह जब मैं उसके कमरे में गया तो वो वहां नहीं थी | ये नोट मेरे लिये वहां रखा था | कल रात भी बहुत दुखी होकर मैंने उससे कहा था

कि अगर वो मेरे बेटे से शादी कर ले तो वो सुधर सकता है पर मैं उसके इनकार से भी नाराज नहीं था |"

उसने वो नोट शरलॉक की तरफ बढ़ा दिया |

"माय डीयर अंकल !

शायद मैं आपको वो खुशी नहीं दे सकती जिसकी आप को चाहत है | जब मैं आपको खुशी नहीं दे सकती तो मुझे इस घर में रहने का भी कोई अधिकार नहीं | मैं जा रही हूं | मुझे ढूंढने की कोशिश ना कीजियेगा | मेरी और मेरे भविष्य की भी चिंता ना कीजियेगा | हमेशा आपकी !

आपकी प्यारी बेटी,

"मैरी"

"उसके ऐसा कहने के पीछे क्या मतलब हो सकता है ? कहीं वो ...?" होल्डर बेहद चिंतित दिखाई पड़ा |

"नो ! नो ! नो मिस्टर होल्डर ! मैं जानता हूं वो आत्महत्या नहीं करेगी |"

"इस विश्वास का कारण ?"

"क्योंकि अब वो समय आ गया है कि आपकी सभी समस्याओं का समाधान आपके सामने होने जा रहा है |"

"क्या हीरे मिल गये ?"

"यह बताने से पहले मैं आपसे जानना चाहता हूं कि आप कॉरोनेट के उस टुकड़े के लिये कितना अमाउंट पे कर सकते हैं ?"

"शायद दस हजार पाउंड्स तक !"

"नहीं ! इतना खर्च करने की जरूरत नहीं ! आप मुझे चार हजार का चेक ही दे दें !" होल्डर ने तुरन्त चेक लिख दिया |

शरलॉक होम्स ने उसी समय कॉरोनेट का सोने का वह टुकड़ा उसके सामने टेबल पर डाल दिया जिसमें तीन हीरे जगमगा रहे थे | उसे देखते ही होल्डर की आंखें चौड़ी हो गईं | उसने उस टुकड़े को उठा लिया | मैं भी भौंचक्का खड़ा उस टुकड़े को देख रहा था | ओह ! आखिर शरलॉक ने कर दिखाया था | वो उस टुकड़े को ढूंढ लाया था | होल्डर तो जैसे खुशी से पागल ही हो गया था |

"मेरी इज्जत बच गई | मेरी जान बच गई | आपने ढूंढ लिया |"

खुशी की ज्यादती में वो शरलॉक से लिपट गया |

"अभी आपको एक कर्ज और चुकाना है मिस्टर होल्डर !"

उसने चेक बुक शरलॉक की तरफ बढ़ा दी और बोला – "आप इस पर अपना नाम व जितना चाहे अमाउंट भर दें |"

"नहीं ! मुझे कुछ नहीं चाहिये | और यह कर्ज पैसों का नहीं उस सम्मान का है जो एक बाप ने अपने बेटे से छीना है | यह कर्ज आपको अपने बेटे को चुकाना है जिसे आपने चोर और ना जाने क्या-क्या कहा |"

"अ...इसका मतलब चोर आर्थर नहीं था ? तो फिर कौन है ?"

"मैंने आपसे कल भी कहा था और आज भी कह रहा हूं कि वो नहीं है |"

"तो फिर वो कौन है ? मैं उसके बारे में जानना चाहता हूं |" उसके चेहरे पर पश्चाताप के भाव नजर आने लगे |

"वो जो भी है मैं आर्थर की बदौलत ही उस तक पहुंचा हूं |"

"क्या मतलब ?"

"मेरे बहुत जोर देने पर ही वो मुझे इस बारे में बताने पर राजी हुआ | आपका बेटा महान है मिस्टर होल्डर | वो नफरत के नहीं प्यार के लायक है |"

"मुझे सब कुछ बताओ प्लीज !"

"मैं आपको सब कुछ बताता हूं कि क्या कैसे हुआ और मैं इस केस की तह तक कैसे पहुंचा ?" उसने एक बार होल्डर की तरफ देखा फिर बोला – "आपके लिये यह सुनना शायद शॉकिंग होगा कि आपकी बेटी आर्थर के दोस्त जार्ज बर्नवेल को चाहती है |"

"नो !"

"ये सच है !"

"नो ! इम्पॉसिबल !"

"दुर्भाग्य से ऐसा ही है | ना तो आप मिस्टर होल्डर और न ही आपका बेटा उसकी असलियत से वाकिफ थे | आर्थर उसे अपना दोस्त मानता था लेकिन वास्तव में वो जुर्म की दुनिया का एक बदनाम इंसान है | आपकी

बेटी मासूम है | वो उसकी मीठी बातों में आ गई | उसकी उम्र ऐसी है कि ऐसा होना कठिन भी नहीं था | फिर जब शिकारी जानता हो कि उसका शिकार कैसे फंसेगा तो वो चारा डालने में कोई कसर नहीं रख छोड़ता | वो उसे देखे बिना नहीं रह सकती थीं |"

"मैं अभी भी यकीन नहीं कर पा रहा हूं कि मैरी मेरी बच्ची उस शैतान के चंगुल में कैसे फंस गई ?"

"मैरी ने ही अनजाने में उसे कॉरोनेट के बारे में बताया | वो उस पर विश्वास करती थी | लेकिन जॉर्ज उसे धोखा दे रहा था | कॉरोनेट के बारे में जानने के बाद शायद वो उसे पाने के लिये बेचैन हो गया था | यह कॉरोनेट के गायब होने से पहले की रात की बात है जब आपने उसे खिड़की के पास खड़े पाया था और उसने आपको देखते ही खिड़की बंद कर दी थी |"

"उसने मुझे बताया था कि वहां हमारी मेड लूसी का बॉय फ्रेंड था |"

"हां ! मैंने छानबीन में पाया कि लूसी का बॉय फ्रेंड भी उस रात उससे मिलने आया था | मैंने बर्फ पर उसके लकड़ी के पांव के निशान के बारे में आपको बताया भी था | इसमें कोई शक नहीं कि वो आपको चाहती है लेकिन अपने प्यार की खातिर वो झुक गई और जॉर्ज की बातों में आकर उसने अगले दिन ही कॉरोनेट उसे लाकर सौंप दिया | जॉर्ज को कॉरोनेट देने के लिये उसने वही रास्ता चुना जिसे लूसी और उसका बॉय फ्रेंड अक्सर छुप कर बातें करने के लिये इस्तेमाल करते थे | अर्थात वही किचन की खिड़की वाला | मैंने अस्तबल की तरफ जाने वाले रास्ते पर जॉर्ज के जूतों के निशान बने देखे | आपके बेटे को उस रात नींद नहीं आ रही थी क्योंकि आपने उसे पैसे देने से मना कर दिया था |

वो डिस्टर्ब था | तभी उसने एक तेज आवाज सुनी | वो कमरे से बाहर निकला | उसने मैरी को आपके कमरे से बाहर निकलते हुए देखा | उसके हाथ में कॉरोनेट था | वो दबे पांव किचन की तरफ जा रही थी | वो भौंचक्का होकर देख रहा था कि मैरी कर क्या रही है ? किचन की खिड़की से उसने कॉरोनेट बाहर खड़े किसी इंसान को दे दिया जिसे उस वक्त आर्थर नहीं देख सका था |

आर्थर इस बात पर यकीन नहीं कर पा रहा था कि मैरी ऐसा कर सकती थी | वो मैरी जिसे वो बेइंतहा चाहता था | वो बहुत देर तक ठगा सा खड़ा रहा | मैरी किचन से लौट चुकी थी | आर्थर को जैसे होश सा आया | वो जानता था कि वह उसके पापा की अमानत थी | वो जानना

चाहता था कि मैरी ने कॉरोनेट किसे दे दिया था ? वो बाहर की तरफ लपका | उस वक्त वो नंगे पांव था | बाहर हर तरफ बर्फ ही बर्फ थी | उसने परवाह न की | उसने उसका पीछा किया और उसे दबोच लिया | बाहर अंधेरा था |

आर्थर उसका चेहरा नहीं देख सका | लेकिन वो जॉर्ज था | उसने उसे परे धकेलने की कोशिश की | आर्थर ने उसके हाथों को कस कर पकड़ लिया | कॉरोनेट उसके हाथों में ही था | दोनों में भीषण संघर्ष हुआ | आर्थर ने उसकी आंख के पास चोट की | उसके हाथ में थमा कॉरोनेट तेजी के साथ अस्तबल के पास किसी ठोस चीज से टकराया | एक तेज आवाज हुई | इसके साथ ही कॉरोनेट उसके हाथ से छूट गया |

जॉर्ज भागने में सफल रहा | आर्थर ने कॉरोनेट उठाया और वापस आपके कमरे में आ गया | उस वक्त तक उसे नहीं पता था कि कॉरोनेट डैमेज हो चुका है | वो उसे आपके कमरे में उसी तिजोरी में रखना चाहता

था | उसी समय उसने देखा कि कॉरोनेट एक जगह से थोड़ा मुड गया है तो उसने उसे सीधा करने की कोशिश की | उससे पहले उसने कॉरोनेट को नहीं देखा था इसलिये नहीं जानता था कि उसका एक टुकड़ा गायब है | तभी आप आ गये और आपने समझा कि वो कॉरोनेट को चुराने की कोशिश कर रहा है |

आपने उसे बुरा-भला कहना शुरू कर दिया | हालांकि जब उसे कॉरोनेट के टूटने की बात पता चली तो उसने आपसे यह कहा भी कि अगर आप उसे कुछ देर के लिये बाहर जाने की इजाजत दे दें तो शायद वो आपकी गलतफहमी को दूर कर सकता है | लेकिन आपने उसे इसकी इजाजत नहीं दी | इससे वो आहत हो गया | वो चिढ़ गया | और इसके बाद फिर कुछ नहीं बोला |

"ओह ! मैं अंधा हो गया था | वो कह रहा था कि मुझे पांच मिनट दो |"

"हां ! वो वास्तव में झगड़े की जगह पर जाकर देखना चाहता था कि कहीं वो टुकड़ा टूट कर वहीं तो नहीं गिर गया था क्योंकि झगड़े के समय उसने कुछ टूटने की जोरदार आवाज सुनी थी |"

"उफ़ ! मैंने उसे कितना गलत समझा !"

"लेकिन तुमने ये सब कैसे पता लगाया ?" वाटसन ने सस्पेंस से भरे हुए कहा |

शरलॉक ने अपने मित्र की तरफ मुस्करा कर देखा फिर बोला – "मैरी ने किचन की खिड़की के पीछे मेड लूसी और उसके बॉय-फ्रेंड के खड़े होने की बात बताई थी जोकि सच थी क्योंकि मैंने वहां की जांच में बर्फ में बने हुए लकड़ी के गोल निशानों को पाया जोकि लूसी के बॉय-फ्रेंड की नकली टांग के थे | मैरी ने उसी रास्ते का प्रयोग किया कॉरोनेट को अपने बॉय-फ्रेंड जॉर्ज को देने के लिये क्योंकि उसके जूतों के निशान किचन की खिड़की के नीचे तक आ रहे थे | आर्थर उस वक्त नंगे पांव था |

बर्फ पर नंगे पांवों के अतिरिक्त जॉर्ज के जूतों के निशान भी थे | जॉर्ज पहले तेज कदमों के साथ कॉरोनेट ले कर जा रहा था लेकिन उसका पीछा करते हुए आर्थर के भागने के निशान उसके एक पांव से दूसरे पांव की दूरी से साबित होते थे | अस्तबल लेन के पास एक जगह पर दोनों की लड़ाई के सबूत मुझे मिले | वहां मुझे खून की बूंदें भी दिखाई दीं जो जॉर्ज की थीं | उसे चोट लगी थी |"

"एक मिनट !" वाटसन ने पूछा – "तुम्हें ये कैसे पता लगा कि जॉर्ज को कॉरोनेट देने वाली मैरी ही थी ? तुमने उसे देखा तो था नहीं ?"

"गुड क्वश्चन ! वास्तव में वो सिर्फ मैरी ही हो सकती थी क्योंकि यदि वो आर्थर होता तो वो कॉरोनेट को हासिल करने के बाद बर्फ पर नंगें पांव भाग कर नहीं जाता | यदि वो लूसी होती तो आर्थर ने जब उसे देखा था तो वो फिर चुप नहीं रहता और उसे वहीं दबोच लेता | वो तो मैरी को देख कर स्तब्ध रह गया था क्योंकि वो जिसे जान से ज्यादा चाहता था वो भला उसे चोर कैसे सिद्ध कर देता |"

"ओह !"

"आर्थर से यह सब जानकारियां मिलने के बाद अगले दिन मैं एक लोफर का रूप धर कर जॉर्ज के अड्डे पर पहुंचा | मैंने जॉर्ज के जूतों की तारीफ़ करके उन्हें एक हजार पौंड्स में खरीद लिया | वास्तव में मैं उन जूतों से बर्फ पर बने जूतों के निशान मैच करना चाहता था |

किसी को भी अपराधी सिद्ध करने से पहले सभी सबूत जुटाने आवश्यक होते हैं | मैं वापस लौटा और उन जूतों से बर्फ पर बने निशान मैच किये जोकि मैच हो भी गये | इसके बाद अब मुझे उससे कॉरोनेट के उस टुकड़े को हासिल करना था जो जॉर्ज ही ले गया था | मैं जानता था कि वो उस टुकड़े पर लगे हीरों को बेचने की ताक में था | मैंने उन हीरों का सौदा कर लिया | इसलिये मैंने आपसे कुछ पौंड्स लिये | और अब हीरे आपके सामने हैं |"

"लेकिन अपराधी जॉर्ज ? उसका क्या होगा ? क्या उसे सजा ना मिलेगी ?"

"ये लव, डायमंड और धोखे का केस है मिस्टर होल्डर ! जॉर्ज ने हीरे चोरी नहीं किये | उसे हीरे मैरी ने लाकर दिये जोकि आपकी प्यारी मुंहबोली बेटी है | जॉर्ज ने उसे आपके पैसे और डायमंड्स के लिये धोखा दिया और इस धोखे को वो भी समझ चुकी है |"

शरलॉक ने सिर झुकाये पीछे खड़ी मैरी की तरफ इशारा किया – "इसमें कोई संदेह नहीं कि मैरी का जॉर्ज के प्रति प्यार सच्चा था लेकिन इस धोखे ने उसे ये समझा दिया है कि जॉर्ज का प्यार जरूर धोखा था | वो एक मतलबपरस्त इंसान है |

ऐसे लोग सच्चे प्यार को नहीं समझते | ऐसे लोग सच्चे प्यार को भुनाने के तरीके व अवसर ढूंढा करते हैं | जॉर्ज को उसकी हकीकत मैंने बता दी है | मैंने उसे समझा दिया है कि अब वो मैरी से मिलने की कोशिश नहीं करेगा अन्यथा उसे जेल जाना पड़ सकता है | उसने हीरे व जूतों के पैसे भी वापस कर दिये | ये पैसे आपके हैं | इन्हें आप ही रखें |" शरलॉक ने पैसे होल्डर को दिये |

"और मेरा बेटा ?"

"हीरे मिलने के बाद और आर्थर के बयान के बाद पुलिस ने उसे छोड़ दिया है |"

आर्थर तभी वहां आ पहुंचा | होल्डर ने उसे गले लगा लिया | वो शर्मिंदा था लेकिन आर्थर अब शांत था | वो मैरी की तरफ अभी भी उम्मीद भरी निगाहों से देख रहा था | मैरी ने भी अब उसकी उम्मीदों को तोड़ा नहीं |

❒

लाल बाल चाल !!

(The Red Headed League)

उन दिनों मैं तनाव में था |

जिन दिनों शरलॉक होम्स के पास कोई केस नहीं होता था उन दिनों मैं अक्सर तनाव में आ जाता था | सच तो ये था कि शरलॉक होम्स की केस स्टडी और केस पर उसके काम करने के हैरतनाक तरीके और परिणाम मुझे भौंचक्का कर देते थे |

मैं बार-बार भौंचक्का होना चाहता था |

जैसे जुबान को कोई स्वाद लग जाता है मेरे दिमाग को 'थ्रिल' का स्वाद लग गया था | शरलॉक हर केस में मुझे अपने साथ रखता था | उसे इस बात पर गर्व था तो मुझे और भी ज्यादा गर्व था कि मैं मास्टर डिटेक्टिव के साथ हूं | वो मुझे अपने दायें हाथ की तरह समझता था |

उस दिन उसके बुलावे पर मैं तुरन्त उसके पास पहुंचा |

वो किसी के साथ गहरे विचार-विमर्श में था | वो जो भी था जेंटलमैन दिखता था | उसके बालों का रंग लाल था जैसे लाल मेहंदी लगाई हो या लाल कलर | पर बालों का उसका वो रंग प्राकृतिक था |

मेरे अंदर आने से जैसे वो दोनों ही थोड़ा डिस्टर्ब हुए | दोनों ने चौंक कर मेरी तरफ देखा | उनकी बातचीत को ब्रेक लग गया था | ऐसी स्थिति से मैं थोड़ा हकबकाया | मैंने कहा – "मुझे लगता है कि तुम बिजी हो | मैं थोड़ी देर में आता हूं |"

"हां ! बिजी तो हूं !" शरलॉक अपनी जगह से उठ कर मेरे पास आया – "लेकिन तुम्हें कहीं जाने की जरूरत नहीं | बैठो ! यहां जो कुछ कहा-सुना जा रहा है उसे जानो ! समझो ! मिस्टर जाबेज विल्सन ! इनसे मिलिये !" शरलॉक ने विल्सन नाम के उस आदमी से सम्बोधित होकर मेरी तरफ इशारा करते हुए कहा – "ये हैं मिस्टर वाटसन! मेरे अजीज ! मेरे हर सुख-दुःख के साथी ! मेरे हमदम ! मेरे दोस्त ! आप जो कुछ भी कहना चाहें

इनके सामने भी उतने ही विश्वास के साथ कह सकते हैं जितना मेरे सामने कह सकते हैं।"

मैं शरलॉक के साथ वाली कुर्सी पर बैठ गया। उसी समय विल्सन ने अपने कोट की अंदर की जेब से एक मुड़ा-तुड़ा पुराना अखबार निकाला। उसके चेहरे पर परेशानी नजर आने लगी। उसने अखबार को खोल कर अपने घुटनों पर फैला लिया। वो उसमें कोई न्यूज ढूंढने लगा। शरलॉक ने उसे ध्यान से देखते हुए अचानक कहा – "मिस्टर विल्सन ! आप पहले कुछ ऐसा काम करते रहें हैं जिसमें आपके दायें हाथ को अधिक मेहनत करनी पड़ती थी ?"

"हां ! पहले मैं एक शिप पर कारपेंटर का काम करता था। लकड़ी छीलने के औजारों से लकड़ी घिसते हुए सीधे हाथ पर अधिक जोर रहता था।"

"आप कुछ समय चीन में भी रहे ?"

"हां ! लेकिन कमाल है ! आपने कैसे जाना ? मैंने तो अभी तक ऐसा कुछ बताया नहीं ?"

"आपका एक हाथ मिस्टर विल्सन ! आपका दायां हाथ आपके बायें हाथ की अपेक्षा कुछ अधिक सख्त है। आपने उस हाथ से लकड़ी छीलने के औजार चलायें हैं तो निसंदेह आपके हाथ की मस्सल्स पर उनका प्रभाव पड़ा और वे कुछ अधिक फूल गईं।"

"और चीन वाली बात का पता कैसा लगा ?"

"आपकी कलाई पर जिस मछली का टैटू गुदा हुआ है उस मछली पर एक खास गुलाबी रंग का निशान है। मैंने कुछ टैटू निशानों पर रिसर्च की है। मछली मारने का यह पैटर्न केवल चीन में ही पाया जाता है। इसके अलावा मैंने एक चीनी कॉयन आपकी चेन घड़ी में लटकते हुए देखा है।"

विल्सन के चेहरे पर एक विशेष चमक आ गई। वो बोला – "मिस्टर शरलॉक ! बुरा ना मानें लेकिन जब मैं आपके बारे में सुन कर यहां आया था तो मुझे आपकी क्षमताओं पर पूरा भरोसा नहीं हो रहा था लेकिन आपने मेरी चीजों को देखने के बाद मेरे व्यक्तित्व का जो वर्णन किया उससे मेरा विश्वास आप पर बढ़ गया है।"

"आप भी बुरा ना मानें मिस्टर विल्सन ! मैंने दरअसल आपकी उस शंका को भांप लिया था और इसलिये ही मैंने इन सब चीजों का बखान

करना जरूरी समझा | कभी-कभी किसी के आत्मविश्वास के लिये ऐसा करना जरूरी हो जाता है |"

"वास्तव में अब आपका मुझसे सही परिचय हुआ है | अब मैं आपको ये खबर दिखाता हूं जिसके बाद कि मेरी परेशानियां शुरू हुईं |"

उसने पेपर शरलॉक के सामने कर दिया | शरलॉक ने पेपर अपने हाथ में ले लिया | उसने एक विज्ञापन पर उंगली रख दी फिर बोला – "इस विज्ञापन को देखिये मिस्टर शरलॉक !"

शरलॉक और मैं उस विज्ञापन को देखने लगे | विज्ञापन का मैटर कुछ इस प्रकार से था – "यदि आपके बालों का रंग लाल है तो वो आप ही हैं, जिसकी हमें तलाश है ! आपके पास है एक सप्ताह में चार पाउंड्स कमाने का सुनहरा अवसर ! आपको रेड हैडिड लीग का मेम्बर बनना होगा और लीग के ऑफिस में आकर एक प्रतियोगिता के टास्क पूरे करने होंगे | पात्रता : रेड हैडिड लीग का सदस्य बनने के लिये आप की उम्र इक्कीस साल से अधिक होनी चाहिये | आप शारीरिक रूप से स्वस्थ व हृष्ट-पुष्ट होने चाहिये | पहली व जरूरी शर्त आपके बालों का रंग लाल होना चाहिये | यदि आप इन शर्तों को पूरा करते हैं तो पर्सनली आकर मिलें | हमारा पता है –डंकन रोज, ऑफिस ऑफ द लीग, 7, फ्लीट स्ट्रीट !"

"मुझे लगा कि मुझे इस लीग का मेम्बर का बनना चाहिये | मैं हफ्ते में बिना कुछ अधिक किये चार पाउंड्स की इस इनकम को नहीं गंवाना चाहता था | मैं रेड हैडिड लीग के ऑफिस गया और उसका मेम्बर बन गया |"

"ये कब की बात है ?"

"लगभग दो माह पूर्व की |"

"उसके बाद क्या हुआ ?"

"उसके बाद मैं लगातार रेड हैडिड लीग के ऑफिस में जाता रहा | मुझे कुछ टास्क दिये जाते जिन्हें मुझे पूरा करना होता था |"

"टास्क जैसे ?"

"जैसे मुझे एक इनसायिक्लोपीडिया की मोटी सी किताब दे दी गई जिसकी मदद से मुझे उन लोगों के नाम ढूंढने थे जिनके स्पेलिंग इंग्लिश के 'ए' अल्फाबेट से शुरू होते हों | हां ! जब मैं ऐसा कर रहा था तो एक और

लाल बाल वाला विलियम मोरिस मेरे काम पर निगाह रखने के लिये वहाँ बैठा था | लेकिन हमें बात करने की इजाजत नहीं थी |"

"अगर ये कोई प्रतियोगिता है तो सचमुच ये अदभुत प्रतियोगिता है !" मैं जानता था कि शरलॉक होम्स इस कहानी के पीछे के रहस्य को समझने की पूरी कोशिश कर रहा था |

"यदि आपकी जगह मैं होता तो ऐसी वाहियात प्रतियोगिता में ना पड़ता | कई बार अखबारों में मूर्ख बनाने की प्रतियोगिताएं भी दी जाती हैं | आपको इस प्रतियोगिता के चक्कर में नहीं फंसना चाहिये था मिस्टर विल्सन !" मैंने कहा |

"पहले तो मैं भी कुछ ऐसा ही समझ रहा था लेकिन जब एक सप्ताह बीतने के बाद मुझे चार पाउंड्स की रकम दे दी गई तो भला मुझे क्या ऐतराज होता |"

"रकम दे दी गई ?"

"हां ! उस सप्ताह भी और अगले प्रत्येक सप्ताह भी !"

"यानी दो माह से आपको प्रत्येक सप्ताह चार पाउंड्स की रकम मिल रही है ?"

"बिना नागा !"

"वेरी स्ट्रेंज !"

"मैं भी आपकी तरह ही हैरान था कि यह हो क्या रहा है ?"

"क्या आपके अलावा और लोग भी वहां थे जो ऐसे ही कामों में लगे थे | मेरा मतलब प्रतियोगिता में शामिल |"

"नहीं ! मेरे सामने नहीं थे पर लीग हेड के अनुसार प्रतियोगिता में और लोग भी शामिल थे | सबको अलग-अलग टास्क दिये जा रहे थे |"

"तो उन्होंने कुछ बताया नहीं कि ये टास्क कब खत्म होंगे ?"

"ऐसा कोई भला क्यों पूछेगा जब कि उसे हर सप्ताह एक अच्छी रकम मिल रही हो |"

"मैं जानता था कि आपका जवाब यही होगा |"

"मैं आपको बता दूं कि मेरा अपना एक छोटा सा कारोबार है जो बहुत अधिक नहीं चल रहा | मेरा ऑफिस शहर के पास 'कोबर्ग स्क्वायर' पर

स्थित है | पिछले कई सालों से तो मेरा व्यापार बहुत मंदा चल रहा था | पहले मैंने दो आदमी काम पर रखे हुए थे फिर काम अधिक ना होने के कारण केवल एक ही रह गया | फिर मैंने उसे भी निकाल दिया | मैं तो अब कोई भी आदमी नहीं रखना चाहता था लेकिन विन्सेट स्पोल्डिंग |

वो मुझसे काम सीखने का इच्छुक था | वो आधे पैसों में भी काम करने को तैयार था | उसने प्रार्थना करके मेरी कम्पनी ज्वाइन कर ली | कुछ ही दिनों में मुझे लगा कि वो मुझसे कहीं ग्रेट था | मुझसे कहीं ज्यादा बिजनिस की समझ थी उसे | उसके आने से मुझे अपने काम में काफी मदद मिलने लगी | वो चाहता तो कहीं भी अधिक पैसों में जाकर काम कर सकता था | मैंने भी उसे नहीं कहा क्योंकि जब वो अपने काम से आश्वस्त था तो मुझे क्या पड़ी थी कि मैं उसे जाने को कहूं ?"

"हां ! यहां अपना स्वार्थ सामने आ जाता है |"

"कुछ ऐसा ही समझें !"

"तो फिर आपको यहां आने की क्या सूझी ?"

"आखिर किसी चीज की लिमिट होती है |"

"मतलब ?"

"एक दिन उसने मुझे लन्दन के सभी छोटे-बड़े शहरों के नाम लिखने का काम दे दिया | मैं ऐसे बेकार के कामों का रहस्य जानना चाहता हूं | आखिर ये कैसी प्रतियोगिता है ? वो इतना खर्च क्यों कर रहा है ?"

"चार पाउंड्स की याद नहीं आ रही ?"

"हां ! जानता हूं कि मेरी ऐसी कोशिश से मेरी कमाई मारी जा सकती है |"

"वो विन्सेट आपके ऑफिस को ठीक से सम्भाल रहा है ?"

"हां ! लेकिन इसके साथ ही वो कुछ फिजूल के काम भी करता रहता है |"

"कैसे फिजूल के काम ?"

"मेरे ऑफिस के ठीक नीचे एक बेसमेंट है | उसके एक छोटे से हिस्से में उसने अपना एक फोटो डेवेलपिंग प्लांट भी लगाया हुआ है |"

"उसे फोटोग्राफी का शौक है ?"

"हां ! वहां वो अंधेरे डार्क रूम में बैठा अपने इस शौक को पूरा करने में लगा रहता है | मुझे भी उसमें कोई ऐतराज नहीं था इसलिये मैंने उसे परमिशन दे रखी है |"

"उसके अलावा एक चौदह साल की लड़की भी मेरे यहां काम करती है जो खाना सफाई इत्यादि जैसे काम करती है |"

"आपकी फैमिली ?"

"मेरी पत्नी मर चुकी है | मेरे कोई औलाद भी नहीं हुई थी | बस यही मेरी दुनिया है |"

"मिस्टर विल्सन ! यदि ये ऐसा ही प्रॉफिट देने वाला काम होता तो कोई भी इस लीग को ज्वाइन कर लेता |"

"कोई भी नहीं केवल वही जिसके बाल लाल हैं |"

"उसमें क्या है ? मैं अपने बाल डाई करके लाल कर लेता | ऐसे में उसके लिये पता चलाना मुश्किल होता कि मेरे बाल असली लाल हैं या मैंने उन्हें रंगा हुआ है | और मुझे तो लगता है कि ऐसी कोई लीग है ही नहीं |"

"क्या आपने ऐसी किसी लीग के बारे में कभी नहीं सुना?"

"बिल्कुल नहीं !"

"लेकिन अखबार में छपा ये विज्ञापन भी झूठ तो नहीं हो सकता ? इस लीग की स्थापना एक करोड़पति अमेरिकी होपकिंस ने की थी | उसके खुद के बाल भी लाल थे | मरने से पहले वो अपनी सारी सम्पति ट्रस्ट के पास छोड़ गया | उसे लाल बाल वालों से लगाव था वो चाहता था कि किसी भी तरह से ऐसे लोगों की फायनेंशियल मदद की जाती रहे | मिस्टर होपकिंस अपना खजाना ऐसे ही लोगों के लिये छोड़ गये हैं इसलिये उसे बांटने का लीग ने यह तरीका सोचा है | लीग ऐसी प्रतियोगिताएं करवाती रहती है | प्रतियोगिता का फैसला आने पर मोटे ईनाम भी दिये जायेंगे |"

"ऐसा लीग के चेयरमैन ने कहा होगा ?"

"हां ! उसका नाम डंकन रोस है | मेरे साथ कोई जबरदस्ती नहीं थी | ये मेरी इच्छा पर ही निर्भर था कि मैं इसमें पार्ट लूं या ना लूं |"

"लेकिन पूरे शहर में ऐसे हजारों लोग होंगे जिनके बाल लाल होंगे | क्या उन सभी ने इस प्रतियोगिता के लिये आवेदन दिये होंगे ? हजारों लाल बाल वाले एक ही स्थान पर एकत्रित हों और ऐसी कोई न्यूज भी ना बने ऐसा कैसे मुमकिन है ? मैंने ऐसी किसी न्यूज के बारे में नहीं पढ़ा | और फिर यदि ऐसा होता तो आपको उसके ऑफिस में भी ऐसी कोई हलचल तो दिखनी चाहिये थी ?"

"इसमें भी भेद है | बाल हल्के लाल हैं या ज्यादा लाल हैं तो वो प्रतियोगी लीग की प्रतियोगिता में हिस्सा नहीं ले सकता | बाल ऐसे ही लाल होने चाहिये जैसे कि मेरे हैं | ऐसा इसलिये है क्योंकि ऐसा होपकिंस को सम्मान देने के लिये किया गया है | शायद इसलिये अधिक कंटेस्टेंट्स इस प्रतियोगिता में नहीं हैं |"

"ओह ! ग्रेट !"

"अगर आप इस काम में लगे हैं तो आप ऑफिस कब जाते हैं ?"

"आजकल मैं कम ही जा पाता हूं | दिन में चार घंटे तो मैं प्रतियोगिता हल करने में बिताता हूं | सारा काम विन्सेट स्पोल्डिंग ही देख रहा है |"

"अखबार में छपे इस एड पर आपकी नजर कैसे पड़ी ?"

"इसे मुझे विन्सेट स्पोल्डिंग ने ही दिखाया था | वही मुझे वहां ले भी गया था |"

"इंट्रस्टिंग !"

"तुम्हें टास्क पूरा करने के लिये कितना वक्त दिया जाता है ?"

"चार घंटे | मैं सुबह दस बजे वहां पहुंच जाता था और ठीक दो बजे मैं प्रतियोगिता छोड़ कर जा सकता था |"

"इसके बाद क्या हुआ ?"

"आज भी सुबह दस बजे मैं रोज की भांति ही लीग के ऑफिस पहुंचा | लीग का ऑफिस मुझे हमेशा खुला मिलता था लेकिन आज उस पर ताला पड़ा था | वहां एक नोटिस चिपका दिया गया था जिस पर लिखा था कि लीग को बंद कर दिया गया है | जय राम जी की |"

"गुड ! फिर आपने क्या किया ?"

"मैं बिल्डिंग के मालिक के पास पहुंचा | वो ग्राउंड फ्लोर पर ही रहता था | मैंने उससे लीग और उसके ऑफिस के बारे में पूछा | उसने लीग के बारे में अनभिज्ञता प्रकट की | वो लीग के बारे में और उसके चेयरमैन डंकन रोज के बारे में कुछ भी नहीं जानता था | यह नाम उसके लिये बिल्कुल नया था | वो भी इसके बारे में सुन कर वैसे ही हैरान हुआ जैसे आप लोग हुए |"

"और वो विलियम मोरिस जो तुम्हारे साथ ही रूम में था वो भी गायब होगा ?"

"हां ! एक दिन पहले वो बहुत खुश था | उसने मुझे बताया था कि कल उसका नया ऑफिस तैयार हो जायेगा और वो वहां शिफ्ट हो जायेगा | मुझे उसने अपना नया पता बताया भी था | मैं वहां गया भी लेकिन वहां कोई उसे नहीं जानता था | वह कोई कारखाना था जहां घुटने के आर्टिफिशियल कैप्स बनाये जाते थे |"

"फिर तुमने क्या किया ?"

"मैं वापस अपने घर गया | कोबर्ग स्क्वायर ! मैंने विन्सेट स्पोल्डिंग से इस बारे में विचार-विमर्श किया | लेकिन वो इस मामले में मेरी कोई मदद नहीं कर सका | इसलिये आपके बारे में सुनने के बाद मैंने आपसे मिलने का निश्चय किया |"

"लेकिन आप लीग की छानबीन क्यों करवाना चाहते हैं क्योंकि आपने तो इसमें कुछ खोया ही नहीं | आपने तो बिना किसी खास मेहनत के अच्छा पैसा बनाया है और 'ए' अल्फाबेट से शुरू होने वाले लोगों की भी आपको अच्छी जानकारी हुई है |"

"लेकिन मैं उन लोगों का पता लगाना चाहता हूं कि वो कौन थे ? इस सबके पीछे उनकी क्या मंशा थी ? क्या इसके पीछे कोई चाल है ? अगर हां तो वो 'लाल बाल चाल' क्या है ? उस चाल में आखिर मेरा भी तो कोई रोल होगा ? वो रोल क्या है ? या फिर ये एक मजाक था ? अगर मजाक था तो फिर इतना महंगा मजाक किसी ने मेरे साथ क्यों किया जिसके लिये उसे तीस पौंड्स खर्च करने पड़े ?"

"तो फिर ठीक है मैं पता लगाऊंगा क्योंकि ये केस मेरे लिये भी आश्चर्यजनक है | पहले मैं विन्सेट स्पोल्डिंग से ही शुरू करता हूं जिसने आपको वो एड लाकर दिया | क्या आप मुझे बता सकते हैं कि वो आपसे कब मिला ?"

"एड ला कर दिखाने से केवल एक ही माह पूर्व |"

"वो आपसे कैसे मिला ?"

"मैंने असिस्टेंट की जॉब के लिये एड दिया था वो उसे पढ़ कर मेरे पास आया था |"

"क्या वो अकेला ही आया था ?"

"नहीं ! और भी आये थे |"

"तो तुमने उसे इसलिये चुना क्योंकि वो दूसरों से आधी सैलरी पर भी काम करने को तैयार था ?"

"हां !"

"ये विन्सेट स्पोल्डिंग दिखता कैसा है ?"

"मजबूत कद-काठी का, अपने काम को फुर्ती से निबटाने वाला, क्लीन शेव, करीब तीस की उम्र का, उसके माथे पर एक सफेद दाग है जैसे तेज़ाब से जल गया हो...।"

"बस ! बस ! इतना बहुत है ! क्या तुमने इस बात पर गौर किया कि वो कानों में ईयर रिंग पहनता है ?"

"हां ! वो जिप्सी लुक का फैन है | वो पहनता है ! मैंने उसे देखा है !"

"क्या वो उस पूरे समय ऑफिस में रहा जब आप लीग की प्रतियोगिता में लगे थे ?"

"हां !"

"और आज शनिवार है मिस्टर विल्सन | अभी आप जा सकते हैं | मुझे उम्मीद है कि इस केस में सोमवार तक मैं किसी न किसी नतीजे पर अवश्य पहुंच जाऊंगा |"

"मैं एक बार और लीग के ऑफिस जाकर देखूंगा कि वहां कोई लौटा या नहीं ?" यह कह कर विल्सन वहां से चला गया |

उसके जाने के बाद शरलॉक ने मेरी तरफ देखा और कहा – "वाटसन ! इस केस के बारे में तुम्हारी क्या राय है ?"

"मेरी कुछ राय नहीं है दोस्त !" मैंने कहा – "इस लीग का पेंच मेरी समझ से एकदम बाहर है |"

इतना सुनकर शरलॉक ने कहा – "प्लीज ! मुझे कम से कम चालीस मिनट तक डिस्टर्ब ना करना |"

इसके बाद मास्टर डिटेक्टिव गहरी सोच में चला गया | शायद वो विल्सन के सारे बयानों को सिलसिलेवार जोड़ कर किसी निष्कर्ष तक पहुंचने की कोशिश कर रहा था | वो समझने की कोशिश कर रहा था कि कहीं इस सारे पचड़े में कोई क्राईम तो नहीं ? क्राईम है भी तो कैसा ? रेड हैडिड लीग की आड़ में आखिर हो क्या रहा था ? क्या लीग के शिकार और लोग भी थे या केवल विल्सन को ही मोहरा बनाया गया था ? यदि विल्सन को ही मोहरा बनाया गया था तो इसके पीछे क्या राज था ?

अचानक कुछ सोचते हुए शरलॉक स्प्रिंग की तरह उछल कर खड़ा हुआ |

"क्या हुआ ?" मैंने पूछा |

"अभी तुम्हारे पेशेंट तुम्हारा इन्तजार तो नहीं कर रहे ?"

"नहीं ! आज मैं कोई काम नहीं कर रहा |"

"तो फिर अपना हैट सिर पर ठीक करो | आज हम शहर घूमेंगे | शानदार लंच लेंगे | एक जर्मन म्यूजिक कॉन्सर्ट को एन्जॉय करेंगे |"

हम दोनों निकल पड़े | शरलॉक के हाथ में उसकी छड़ी थी | हम सबसे पहले कोबर्ग स्क्वायर पहुंचे | यह वह जगह थी जहां से सारी कहानी शुरू हुई थी | वो एक, दो मंजिला मकान था | मकान कॉर्नर पर स्थित था | उसी में विल्सन ने अपना ऑफिस भी खोल रखा था | मकान पर उसके नाम की नेम प्लेट लगी थी | शरलॉक होम्स उसके मकान के ठीक सामने वाले हिस्से में पहुंच कर थोड़ा ठिठका |

मकान के साथ ही से होकर एक गली पीछे को जाती दिख रही थी | शरलॉक होम्स धीरे-धीरे चलते हुए उस गली की तरफ घूम गया | इसी बीच उसके हाथ में थमी छड़ी लगातार जमीन को ठकठकाती रही | वो गली के आखिर तक एक चक्कर लगा कर वापस आया | उसने उस मकान के पीछे बनी हुई इमारतों का जायजा लिया | इसके बाद वो फिर से वापस कॉर्नर के मकान तक आया |

उसने इमारत के द्वार को खटखटाया | दरवाजा खोलने वाला निश्चित रूप से विन्सेट था क्योंकि उसका हुलिया वैसा ही था जैसा विल्सन ने बयान किया था | उसने हमसे अंदर आने को कहा |

शरलॉक ने कहा – "नो थैंक्स ! हम केवल ये जानना चाहते हैं कि यहां से कॉन्सर्ट को जाने वाला रास्ता किधर से है?"

"यहां से सीधे हाथ पर तीसरी गली और उससे आगे उलटे हाथ पर चौथी गली | इसी के साथ उसने दरवाजा बंद कर लिया |

हम दोनों ने उस जगह को छोड़ दिया |

"विन्सेट एक निहायत ही चालाक इंसान है | मेरे विचार में पूरे लंदन में उसके जैसा शायद कोई दूसरा नहीं होगा | लीग के नाम पर उसने विल्सन को जम कर बेवकूफ बनाया है |"

"तुमने उसमें ऐसा क्या देखा ?"

"उसमें नहीं उसके घुटने में |"

"घुटने में ?"

"हां ! उसके घुटने के पास उसकी ट्राउजर में !"

"वहां तुमने क्या देखा ? और तुम उसके घर के साथ वाली गली को भी लगातार ठकठकाते हुए जा रहे थे ?"

"मैं आपको बता दूं डॉक्टर वाटसन कि हम लोग जासूस हैं | अगर हम घूमने निकले हैं तो उसके पीछे भी एक मकसद है | केस तुम्हें मालूम ही है | यहां आकर मैं कुछ बातों का पता लगाना चाहता था |"

"ओह ! तो फिर क्या पता लगा ?"

"कोबर्ग स्क्वायर पर बनी हुई विल्सन की इस इमारत का सामने का हिस्सा तो हमें दिखाई पड़ रहा है लेकिन पीछे क्या है ये किसी को नहीं दिख रहा | मैं बताता हूं | इसके पीछे एक सड़क गुजरती है | उस पर कुछ दुकानें हैं जिनमें न्यूजपेपर शॉप, एक रेडीमेड शॉप, एक बेकरी और एक शहर के नामी 'सबर्बन बैंक' की ब्रांच और एक शाकाहारी रेस्तरां है | अब हमारा काम फिलहाल खत्म हो चुका है तो मेरे विचार में हमें कॉफी और सेंडविच का आनंद लेना चाहिये | इसके बाद हम म्यूजिक कॉन्सर्ट का आनंद लेंगे |"

कॉफी के बाद हमने सेंट जेम्स हॉल में म्यूजिक का आनंद लिया | दिन के आखिरी घंटे में शरलॉक ने मुस्करा कर कहा – "मेरे विचार में अब आप घर जाना चाहेंगे ?"

"जैसा तुम ठीक समझो |" मैं शरलॉक की कार्यप्रणाली को जानता था | वो केस के बारे में मुझे अभी कुछ बताना नहीं चाहता था | मैं भी समय आने की प्रतीक्षा कर रहा था | हम दोनों वापस लौट पड़े |

"मैं आपको बता देना ठीक समझता हूं कि यहां कोबर्ग स्क्वायर पर कुछ गम्भीर अपराध होने वाला है लेकिन उसे रोकने की मैं पूरी कोशिश करुंगा |"

"कैसा अपराध ? तुम्हें कैसे पता ?"

"इसके लिये अभी आपको इन्तजार करना होगा डॉक्टर !"

"मैं इन्तजार कर सकता हूं |"

"आज रात मुझे आपकी मदद की जरूरत पड़ेगी |"

"आज रात मतलब कितने बजे ?"

"दस बजे तक |"

"मैं ठीक दस बजे तक आपके घर बेकर स्ट्रीट पर पहुंच जाऊंगा |"

"एक बात और | शायद आज हमें किसी खतरे का सामना करना पड़े इसलिये अपना सर्विस रिवॉल्वर अपने साथ रख लेना |" उसकी इस बात को सुन कर मैं थोड़ा सिहर गया था | मेरी वो सिहरन सिर से पांव तक उतरती चली गई थी | ऐसा नहीं था कि मैं डर गया था | मैं आर्मी से रिटायर डॉक्टर था | जंगों के दौरान मैंने मौत के ऐसे खतरनाक पलों को कई बार करीब से देखा था | मैं खतरे से भरे उन पलों के बारे में सोचने लगा था जो कोबर्ग स्क्वायर में किसी अपराध की आशंका को जन्म दे रहे थे |

मैं बिल्कुल भी शरलॉक की तरह नहीं सोच पाता था | मैं उसकी तरह सोचने की सोच भी नहीं सकता था | मुझे नहीं पता था कि वहां क्या होने वाला है ? मुझे नहीं पता था कि शरलॉक होम्स ने मुझे रिवॉल्वर लाने को क्यों कहा था ?

उसने विन्सेट को लंदन का छंटा हुआ इंसान बताया था | वो कोई गहरी चाल चल रहा हो सकता था | पर शरलॉक ने यहां ऐसा क्या देखा था जो वह खुद नहीं देख पाया था | आखिर विल्सन से उसने भी वही सुना था जो शरलॉक ने | फिर वो उस घटना का अनुमान शरलॉक की तरह ही क्यों नहीं लगा पा रहा था ?

पर वो जानता था कि वो वाटसन है और उसका मित्र शरलॉक होम्स | वो जानता था कि उसे शरलॉक के एक्सप्लेनेशन का इन्तजार करना ही होगा और उसके लिये उसे रात दस बजने का भी इन्तजार करना ही होगा | इसी उधेड़बुन में साढ़े नौ कब बज गये इसका उसे पता ही ना चला | मैं जल्दी से ऑक्सफोर्ड रोड़ से बेकर स्ट्रीट की तरफ चल पड़ा | शरलॉक के कहे मुताबिक़ अपना रिवॉल्वर मैंने अपने कोट की जेब में रख लिया था | अवसर मिलते ही मैं उसे कभी भी चलाने के लिये भी तैयार था |

मैं जब बेकर स्ट्रीट पहुंचा तो वहां शरलॉक के साथ दो और लोगों को भी खड़े पाया | शरलॉक ने उनसे मेरा परिचय करवाया | उनमें से एक था स्कॉटलैंड यार्ड पुलिस का एजेंट पीटर जोन्स ! दूसरा जो अफसर जैसा प्रतीत होता था | वो देखने में लम्बे कद का गम्भीर भाव वाला इंसान था | उसने एक चमकदार हैट लगा रखी थी और सम्मानीय लोगों की तरह फ्रॉक कोट पहन रखा था | वो बैंक का मैनेजर था | उसका नाम था मैरीवेदर ग्लूमिली |

शरलॉक होम्स ने कहा – “आज की रात बहुत खतरे से भरी है | हम जिस काम को करने आये हैं यदि उसे करने से चूक गये तो एक बहुत बड़े नुकसान से गुजरना होगा | ये नुकसान लगभग तीस हजार पाउंड्स का हो सकता है |”

“यहां क्या होने वाला है ?” मैंने उत्सुकता से पूछा |

“जॉन क्ले | जुर्म की दुनिया का एक जाना माना कुख्यात अपराधी | मर्डर | चोरी | डकैती | ठगी | राहजनी | शायद ही कोई अपराध होगा जो उससे करने से छूटा होगा | अपराध की दुनिया का बादशाह है | अपने शिकार को बुलडाग की तरह चीर सकता है | आज मैं उसके हाथों में क़ानून के ब्रेसलेट यानी हथकड़ी पड़ी देखना चाहता हूं |”

“वो इस समय कहां है और क्या कर रहा है या करने वाला है ?”

“उम्मीद है कि आज आप लोगों का सामना उससे अवश्य होगा |”

हम सब वहां से कोबर्ग स्क्वायर पहुंचे | बैंक मैनेजर मिस्टर मैरीवेदर की मदद से हम बैंक के अंदर जा पहुंचे थे | शरलॉक ने सबको सावधान कर दिया था कि उनके चलने से फर्श पर किसी किस्म की आवाज नहीं होनी चाहिये | हम सबने एक अंधेरे कोने में शरण ली | कहना होगा कि हम छुपे हुए थे | सबके दिल धड़क रहे थे | शरलॉक ने अभी तक क्लीयर नहीं किया था कि कब क्या होने वाला है ? लेकिन इतना समझ चुके थे कि जो भी होने वाला है वो यहीं इसी बैंक में होने वाला है |

अचानक फर्श के नीचे कुछ खटपट के स्वर उभरे | सभी सतर्क नजर आने लगे | देखते ही देखते फर्श पर एक हल्का सा क्रैक बन गया | उसमें से रौशनी की लकीरें निकल कर ऊपर छत से टकराने लगीं | सब हैरानी से उस दृश्य को देख रहे थे |

शरलॉक फुसफुसाया – "मिस्टर पीटर ! वास्तव में यहां बैंक डकैती होने वाली है | डकैत नीचे से बैंक का फर्श तोड़ कर बैंक में घुसने वाले हैं | वो बैंक में रखा फ्रेंच गोल्ड लूटना चाहते हैं | नीचे से फर्श को तोड़ा जा रहा है | जो रौशनी उस क्रैक से ऊपर आ रही है वो डकैतों के हाथ में थमे लैम्प की हो सकती है |"

उसके इस रहस्योद्घाटन से सबकी कनपटियां सनसना उठीं |

फर्श पर क्रैक के साथ-साथ रौशनी का आकार बढ़ने लगा | धीरे-धीरे वो क्रैक इतना बड़ा हो गया कि कोई भी इंसान उसमें से बाहर आ सकता था |

"वाटसन ! माई डीयर फ्रेंड ! अगर वो फायर करने की कोशिश करें तो तुम्हें भी उनके फायर का जवाब देना है |"

"मैं तैयार हूं |"

मेरी रिवॉल्वर पर अपनी पकड़ मजबूत हो गई |

फर्श पर बने क्रैक से एक हाथ बाहर निकला | इसके साथ ही उस हाथ का मालिक भी बाहर आ गया | क्रैक से नीचे खड़े इंसान ने ऊपर आ चुके इंसान को एक लैम्प पकड़ा दिया | उसकी रौशनी में दिखाई पड़ा कि वो विन्सेट था | विन्सेट स्पोल्डिंग | उसके बाद एक शख्स और उसी रास्ते से बाहर आया |

उसके बाल पूरी तरह से लाल थे | अनुमान लगाया गया कि ये शख्स विलियम मोरिस हो सकता था जो लीग के ऑफिस में विल्सन पर नजर

रखने का काम करता था | उनका एक साथी और अभी नीचे था जोकि ऊपर नहीं आया था | शरलॉक ने अनुमान लगाया कि वो डंकन रोस हो सकता था |

विन्सेट के चेहरे पर सफलता की जबर्दस्त चमक थी | वो फुसफुसाया – "जल्दी करो विलियम | सोना यहीं कहीं होगा | उसे ढूंढो और सारा सोना बैग में भर लो |"

शरलॉक होम्स का संकेत पाते ही चारों अपने स्थान से उछले और उन्होंने आगे दौड़े आते विन्सेट को अपनी गिरफ्त में ले लिया | विलियम जो अभी उनसे थोड़ा पीछे था इस स्थिति को तुरन्त भांप गया | उसने वापस उसी गड्ढे में छलांग लगा दी | इंस्पेक्टर हालांकि उस पर झपटा था लेकिन वो हाथ नहीं आया |

शरलॉक जानता था कि वो भले ही यहां से भागने में सफल हो जायेगा लेकिन बच नहीं सकेगा क्योंकि उनका सरदार उनके हाथ में आ चुका था | विन्सेट ने रिवॉल्वर निकालने की कोशिश की जिसे शरलॉक के एक ही पंच ने नाकाम कर दिया | रिवॉल्वर उसके हाथ से छूट चुका था | वाटसन ने लपक कर उसके रिवॉल्वर पर कब्जा कर लिया था |

तब तक इंस्पेक्टर निकट आ गया – "मुकाबला करने की कोशिश बेकार है जॉन क्ले | पुलिस इस जगह को चारों तरफ से घेर चुकी है |"

विन्सेट को इंस्पेक्टर ने जॉन क्ले कहा था | वो वास्तव में जॉन क्ले ही था | कुख्यात अपराधी व खूनी | वो समझ चुका था कि खेल खत्म हो चुका है ! उसने प्रतिवाद नहीं किया |

"रेड हेडिड लीग की योजना वाकई शानदार थी मिस्टर जॉन क्ले |"

"तुम...तुम्हें हमारी योजना का पता कैसे चला ?"

"कभी-कभी ज्यादा होशियारी भी भारी पड़ जाती है मिस्टर जॉन | तुम्हारी भूल ये थी कि तुमने एक ऐसी लीग की स्थापना कर डाली थी जिसके उद्देश्य अर्थपूर्ण नहीं थे | कोई कितना भी दयावान क्यों ना हो पर अपने पैसे को यूं ही किसी पर नहीं लुटाता फिरेगा | दूसरी गलती तुमने ये की कि अपना काम पूरा होते ही तुम लीग को बीच में छोड़ कर भाग गये |"

"ओह ! इससे मिस्टर विल्सन तुम्हारे पास जा पहुंचे और तुम उसके जरिये मुझ तक |"

"निसंदेह !"

"हां ! जब मुझे बैंक में रखे हुए फ्रेंच गोल्ड का पता एक अखबार के जरिये लगा तो मैंने उसे उड़ाने की योजना बनानी शुरू कर दी लेकिन बैंक में घुसना आसान नहीं था | तब एक दिन मेरी नजर मिस्टर विल्सन द्वारा दिये गये उस विज्ञापन पर गई जो कोबर्ग स्क्वायर में स्थित था जहां स्थित बैंक से मुझे गोल्ड उड़ाना था | उनका ऑफिस ठीक बैंक के पीछे था | मैंने योजना बनानी शुरू कर दी | विल्सन के बाल लाल थे | लाल बालों के साथ मैंने अपनी चाल बुन ली और विल्सन उसमें फंस भी गया | इसके अलावा जितने भी लाल बालों वाले मेरे पास आये मैंने उन सबके बालों में कोई ना कोई खोट निकाल कर उनको लौटा दिया |"

"लेकिन लाल बाल चाल सफल ना हो सकी |"

"पर तुमने मेरी योजना को कैसे ताड़ लिया ?"

"विल्सन के मुंह से सारी कहानी सुनने के बाद मुझे शुरू से ही इसके पीछे कोई चाल नजर आ रही थी | मुझे ऐसा लगा कि कोई ऐसा कारण है कि विन्सेट अर्थात तुम जॉन क्ले विल्सन को कुछ घंटों तक उसके ऑफिस से दूर रखना चाहते हो | मैं ये भी सोच रहा था कि ऐसी योजना भला कौन अपराधी बना सकता है ? जब विल्सन ने मुझे तुम्हारे हुलिये के बारे में बताया तो मैं उसी समय समझ गया था कि ये तुम हो जॉन क्ले क्योंकि कानों में ईयर रिंग पहनने का तुम्हें बहत शौक है |

इस समय भी वे तुम्हारे कानों में हैं | फिर भी पूरी जानकारी जुटाने मैं विल्सन के ऑफिस पहुंचा | वहां जब मैंने उसके ऑफिस का मुआयना किया तो मुझे यह पता लगा कि उसके घर के ठीक पीछे एक बैंक भी था | इस जानकारी ने मुझे सतर्क कर दिया क्योंकि विल्सन ने मुझे बताया था कि तुम उसके ऑफिस के बेसमेंट में कई-कई घंटे अपने फोटोग्राफी के शौक को भी पूरा करने के लिये जाते हो |

मुझे ये खटका हुआ कि कहीं बेसमेंट से कोई सुरंग तो नहीं खोदी जा रही ? मैंने तुम्हारे दरवाजे को खटखटाया | तुमने दरवाजा खोला | मैंने तुमसे कॉन्सर्ट में जाने का रास्ता पूछा | वास्तव में उसके पीछे मंशा थी तुम्हारे घुटनों को चैक करना |"

"घुटने क्यों ?"

"क्योंकि यदि बेसमेंट से कोई सुरंग खोदी जा रही होती तो उसके लिये झुकना जरूर पड़ता | घुटनों के बल बैठे बिना छोटी सुरंग का खोदा जाना मुमकिन नहीं था | अगर तुम कोई बड़ी सुरंग खोद रहे होते तो उसे खोदने में बहुत समय लग जाता |"

"ओह !"

"मैंने देखा कि तुम्हारे घुटनों के पास से तुम्हारी ट्राउजर कुछ मिट्टी से सनी थी | वहां जमीन से रगड़ने के कारण ट्राउजर थोड़ा उधड़ भी गई थी |"

"वैरी स्मार्ट !"

"घुटनों को बचाने के लिये तुमने जरूर ट्राउजर के नीचे घुटनों पर 'नी-केप्स' बांध रखी थीं | इसका आभास तब हुआ जब विल्सन ने तुम्हारे साथी विलियम मोरिस के बारे में बताया | उसने विल्सन को यूं ही बता दिया था कि वो एक नी-केप्स की फैक्ट्री में काम करता है |"

जॉन क्ले उसे खा जाने वाली निगाहों से घूर रहा था |

"मैं जानना चाहता था कि सुरंग विल्सन के मकान के आगे से खोदी जा रही थी या पीछे से | यदि आगे से खुदाई के निशान मिलते तो मैं बैंक से अपना फोकस हटा लेता क्योंकि बैंक विल्सन के मकान के पिछली तरफ था | यह जानने के लिये मैंने विल्सन के घर के आगे की सड़क को छड़ी से ठकठका कर देखा | यदि उसके नीचे की जगह खाली या खुदी हुई होती तो ठकठकाने से मुझे उसके खोखलेपन का पता चल जाता | लेकिन ऐसा कुछ नहीं था | मैं समझ गया कि सुरंग पीछे से खोदी जा रही है और अपराधियों का उद्देश्य साफ़ है कि वो बैंक लूटना चाहते हैं |" इसके बाद मैंने बैंक के मैनेजर और इंस्पेक्टर पीटर से सम्पर्क किया | उन्हें किसी अपराध के होने की आशंका से रु-ब-रु कराया | इस प्रकार तुम आखिर क़ानून के शिकंजे में फंस ही गये |"

"मिस्टर शरलॉक होम्स !" बैंक मैनेजर आभार भरे शब्दों में बोला – "मैं और मेरा बैंक आपका एहसान मंद है | हम आपके सहयोग को भूल नहीं सकते |"

"लेकिन तुम्हें ये कैसा पता लगा कि हम आज ही बैंक में चोरी करने वाले हैं ?" जॉन क्ले बुरी तरह से आहत था |

"बहुत आसान था | जब तुम्हारी सुरंग खुद गई और लीग के ऑफिस को ताला लग गया और अगले दिन इतवार होने के कारण बैंक की छुट्टी भी थी तो मैं समझ गया कि आज ही शायद बैंक में चोरी की जायेगी क्योंकि अगले दिन छुट्टी होने से तुम्हें शहर छोड़ कर जाने का समय मिल जाता |"

"तुम सचमुच ब्रिलियेंट हो मिस्टर शरलॉक होम्स ! यदि मुझे तुम्हारी ऐसी विलक्षण कार्य कुशलता का थोड़ा भी आभास हो जाता तो मैं इस चोरी को टालता तो नहीं, इसे करने की और भी जोरदार व जानदार योजना बनाता |"

"अब जेल की चक्की पीसते हुए ऐसी योजना बनाने की सोच भी तुम्हारे दिमाग में नहीं आयेगी |"

इंस्पेक्टर मैरीवेदर 'और' पुलिस वालों को बुला लाया था | जॉन क्ले को जेल ले जाया गया | विल्सन को जब इस योजना का पता चला तो वो भौंचक्का रह गया | उसे अपनी मूर्खता पर हंसी भी आई कि चार पाउंड्स के लालच ने उसे अव्वल दर्जे का मूर्ख बना दिया था |

वो शुक्र मना रहा था कि वो किसी और भारी मुसीबत में नहीं फंसा था | मैं भी मुस्करा रहा था |

मुझे अपने रिवॉल्वर की 'गोलियां' खर्च करने की जरूरत नहीं पड़ी थी क्योंकि इस केस को खत्म करने में मेरे काबिल दोस्त शरलॉक होम्स ने जितना 'दिमाग' खर्च किया था, वही काफी था |

❐

सब कुछ दिखता है !

(The Adventure of the Blue Carbuncle)

क्रिसमस के बाद की ये दूसरी खुशगवार सुबह थी |

मैं (वाटसन) शरलॉक होम्स के साथ था | वह पर्पल रंग के ड्रेसिंग-गाउन में सोफे पर बैठा था | उसके सामने टेबल पर सुबह का अखबार पड़ा था | वो उसके डेली-रूटीन में शामिल था |

'और' एक चीज थी जो उसके रूटीन मे तो कतई शामिल नहीं हो सकती थी |

वो एक फेल्ट हैट था | बेहद गंदा व पुराना सा फेल्ट हैट ! काफी पुराना होने के कारण वो सख्त हो गया था | उस पर धूल जमी हुई साफ़ नजर आ रही थी | पास से कोई सूंघता तो शायद उसमें सीलन व मैल की बदबू भी आती | किसी भी सूरत में वो हैट पहनने के योग्य नहीं था |

ऐसा हैट शरलॉक के पास क्या कर रहा है यह सोचने का विषय था | शायद शरलॉक सोच भी रहा था और उस पर कुछ काम भी कर रहा था क्योंकि उसके सामने एक चिमटी और एक मेग्निफाईंग लेंस जैसी जांच में काम आने वाली चीजें भी रखी हुई थीं | अब मेरे लिये यह अनुमान लगाना मुश्किल था कि वो हैट की जांच कर चुका है या करने वाला है | दोनों ही सूरतों में वो मुझे बहुत बिजी लगा |

"कहीं मैं तुम्हें डिस्टर्ब तो नहीं कर रहा ?" मैंने पूछा – "तुम कहो तो मैं कुछ देर बाद आ जाऊं ?"

"आप ऑलरेडी कुछ देर बाद ही आये हैं डॉक्टर वाटसन !" शरलॉक ने मुस्करा कर कहा तो मैं भी मुस्कराये बिना न रह सका |

"बहरहाल मेरे हिसाब से आप बिल्कुल ठीक वक्त पर आये हैं डॉक्टर वाटसन क्योंकि मैं अपनी जो जांच पूरी कर चुका हूं उसमें आपसे डिस्कशन की जरूरत अब ही है |"

"शायद आप इस पुरानी-धुरानी हैट की जांच कर रहे थे ?"

"हां !"

"ये लगभग तीन साल पुरानी हो सकती है |"

"किसकी हैट है ये ? आपके पास कहां से आई क्योंकि इसे लाने वाला कोई मुझे यहां नजर नहीं आ रहा ?"

"हा हा हा ! आप भी जासूसों की तरह बातें करने लगे मिस्टर वाटसन ? आई लाइक ! आई लाइक !"

"हां ! तुम्हारी संगत का थोड़ा असर तो मुझमें भी आयेगा ही |" मैं उसकी बातों का रस लेते हुए बैठ गया | बाहर खिड़कियों पर बर्फ जमी हुई थी | उसके चमकदार क्रिस्टल्स बेहद आकर्षक लग रहे थे | बर्फ की ठंडक से बचने के लिये रूम के फायरप्लेस में आग जल रही थी |

"तुम कुछ इस हैट के बारे में बात कर रहे थे ?"

"हां ! मुझे लगता है कि इसके साथ एक रहस्यमय कहानी जुड़ी हुई है जिसे मैं आपके साथ डिसकस करना जरूरी समझता हूं |"

"यह हैट है किसकी ?"

"यह अभी मैं नहीं जानता |"

"तो जो कुछ जानते हो वो बताओ क्योंकि मुझे तो यह हैट कई ऐसे क्लूज देती लग रही है जिसके पीछे छुपे क्राईम पर शायद तुम्हारी नजर है |"

"नहीं ! नहीं ! अपराध नहीं |" शरलॉक ने जल्दी से कहा – "यह ऐसा ही है जैसा बड़े-बड़े शहरों में रहने वाले लाखों-करोड़ों लोगों में से किसी एक के साथ कोई छोटी सी घटना हो जाती है |"

"हां ! तुमने कई ऐसे केस भी हल किये हैं जिन्हें वास्तव में अपराध कहना ठीक नहीं, जैसे एक केस था 'आखिरी पन्ना',जिसमें एक लेखक को एक क्वीन से प्यार हो गया था और उसके ठुकराये जाने के बाद खिन्न होकर उसने अपनी लव स्टोरी को एक नॉवेल का रूप दे दिया था | बाद में उसकी मौत के बाद क्वीन ने अपनी बदनामी के डर से उस नॉवेल की मैन्यु स्क्रिप्ट को पाने के लिये उसके घर को खरीदने की मिस्ट्री क्रियेट कर दी थी |"

"हां ! ऐसा ही एक केस और था आयरिन एल्डर का भी जिसमें 'किंग ऑफ बोहेमिया' को उसके पास रखे उसके कुछ फोटोग्राफ्स चाहिये थे |"

"तो क्या इस हैट से जुड़े केस को भी तुम इसी रूप में देखते हो ?"

"नहीं ! पूरी तरह नहीं | यह हैट अपने मालिक की ऐसी ही किसी कहानी की तरफ इशारा जरूर कर रहा है लेकिन उसके पीछे की कहानी अभी मुझे समझनी है |"

"कुछ बताओ तो या पहेलियां ही बुझाते रहोगे !"

"तुम पीटरसन को जानते होंगे ! कमिश्नर पीटरसन !"

"हां ! जानता हूं ! भले ही कभी मिला या देखा नहीं !"

"यह हैट मुझे उन्हीं से मिला है |"

"क्या ये उनका है ?"

"नहीं ! उनका नहीं है ! हां ! उन्हें मिला जरूर है | और जिन हालात में मिला है उन्होंने ही उन्हें मेरे पास आने के लिये मजबूर कर दिया |"

"यदि उन्हें ऐसा लगा तो वाकई इसमें कुछ ऐसी बात होनी चाहिये |"

"लेकिन इस हैट के साथ एक चीज और भी है |"

"एक चीज और ?"

"हां ! ये देखो !"

शरलॉक ने मुझे एक सफेद गूस (मुर्गी जैसा लम्बी गर्दन वाला पक्षी) दिखाई |

"ये गूस ?"

"हां ! ये भी पीटरसन को इसी हैट के साथ ही मिली | वो दोनों चीजों को मेरे पास ले आया | मैं समझता हूं कि अभी क्रिसमस का दौर चल रहा है तो क्यों ना हम इसे रोस्ट करने का काम पहले करें |"

"तो क्या पीटरसन ने इसे तुम्हारी दावत के लिये दिया है ?"

"ऐसा ही समझो !" शरलॉक ने अपने नौकर के हाथ 'गूस' को रोस्ट होने के लिये भेज दिया लेकिन इस पार्टी में अभी देर थी |

"कल सुबह लगभग चार बजे की बात है | कमिश्नर पीटरसन जिन्हें उनके विभाग का एक होनहार ऑफिसर समझा जाता है, किसी काम से टोटेनहैम कोर्ट रोड़ से गुजर रहे थे | अचानक | उन्होंने कुछ देखा | उन्होंने देखा कि एक लम्बे कद का व्यक्ति जिसके कंधें पर एक मरी हुई सफेद गूस लटकी हुई थी वहां से गुजर रहा है | यहां तक ध्यान देने वाली कोई खास बात नहीं थी | उस आदमी ने एक हैट लगा रखा था |"

"ये वही हैट है !"

"हां ! जैसे ही वो कुछ आगे बढ़ा, कुछ बदमाशों ने उसे घेर लिया। पीटरसन यह देख कर रुक गये। उनमें से एक ने अपने हाथ में पकड़ी हुई छड़ी से उसका हैट पीछे को उलट दिया। शायद वो उनके दल का लीडर था। हैट वाला आदमी खुद को घिरे पाकर घबरा गया था। छड़ी वाले ने अपनी छड़ी को उसे मारने को ऊपर उठाया तो वो पीछे दुकान की खिड़की के शीशे से टकरा गई जिससे शीशा टूट गया और उसकी जोरदार आवाज हुई।

उसी पल पीटरसन उस आदमी को बचाने को दौड़े। शीशा टूटने की आवाज और एक वर्दी धारी पुलिस वाले को आते देख कर बदमाश भी घबरा गये और वो आदमी भी। हैट वाला आदमी अपने कंधे पर पड़ी गूस को वहीं फेंक कर भाग खड़ा हुआ। बदमाश भी वहां नहीं रुके।

वो सब भी ऐसे भाग गये जैसे जंग के मैदान से दुश्मन मैदान छोड़ कर भागते हैं | पीटरसन ने देखा कि जब सभी भाग गये हैं तो फिर वो वहां क्या कर रहा है | उसने उस हैट को और गूस को उठाया और यहां चला आया | उसके यहां आने का कारण ये हैट और वो गूस ही थी |"

"पीटरसन चाहते होंगे कि ये चीजें जिसकी हैं उसका पता लगा कर उसे लौटा दी जायें |"

"और ऐसा काम तुम्हारे अलावा कोई दूसरा नहीं कर सकता था | तो क्या तुमने इन दोनों चीजों की जांच करके इनके मालिक का पता लगा लिया ?"

"इनकी जांच तो एक नई मिस्ट्री पैदा कर रही है |"

"कैसी मिस्ट्री ?"

"गूस के बायें पांव पर एक कार्ड बंधा हुआ था जिस पर लिखा था 'मिसेज हेनरी बेकर के लिये !' "

"तो ?"

"उस आदमी ने जो हैट पहना था उसकी लाईनिंग पर अंग्रेजी के दो शब्द लिखे हैं | एच. और बी | ये दोनों शब्द भी 'हेनरी बेकर' के इनीशियल्स हो सकते हैं | यानी इस हैट वाले आदमी का नाम हेनरी बेकर हो सकता है | अब समस्या ये है कि शहर में हजारों बेकर हो सकते हैं और सैंकड़ों हेनरी बेकर | कैसे पता लगे कि इन चीजों का मालिक कौन है ? सही हेनरी बेकर को ढूंढ कर उसकी अमानत उस तक पहुंचाना आसान नहीं होगा |"

"लेकिन गूस को तो तुमने रोस्ट करने को दे दिया ?"

"यह मैं बाद में बताऊंगा मगर मैं समझता हूं कि ऐसा करना जरूरी था |"

"तो अब तुम उस आदमी का पता लगा कर उसका हैट उस तक कैसे पहुंचाओगे ?"

"इसके लिये मैंने इस हैट की बारीकी से जांच की | इसकी जांच में मैंने उसकी पहचान पा ली है |"

"मजाक कर रहे हो क्या ? हैट से किसी की पहचान कैसे हो सकती है ?"

"उसी के लिये तो इस लेंस को मंगाया था |"

"लेकिन केवल एक हैट से पहचान ?"

"ध्यान से देखो |"

मैंने हैट को उठा लिया | उसे ध्यान से देखा कि वो एक साधारण सा काले रंग का गोलाकार हैट था | सभी हैट गोल होते हैं | वो बेहद गंदा था | कोई पहनेगा और उसे धोयेगा नहीं तो यकीनन गंदा ही होगा | इस समय तो वो पहनने के भी लायक नहीं था | मुझे तो उसमें लाख सिर खपाने पर भी कोई ऐसा खास क्लू दिखाई नहीं पड़ा था जो किसी की पहचान को उजागर कर रहा हो | उस पर हैट बनाने वाली कम्पनी का नाम तक नहीं लिखा था | एक साईड में इंग्लिश के 'एच' और 'बी' अवश्य लिखे थे पर उनसे क्या पता चल सकता था ? उसको ठोड़ी पर बांधने वाला इलास्टिक भी टूटा हुआ था | एक बात और थी कि वो इतना मैला कुचैला हो गया था

कि कई जगह से तो उसके धब्बे छुपाने के लिये काले रंग का इस्तेमाल भी किया गया था।

"मुझे तो इसमें कुछ भी खास दिखाई नहीं पड़ रहा है।" मैंने उस हैट को वापस शरलॉक को दे दिया।

"मेरे दोस्त वाटसन ! दिखाई तो इसमें सब कुछ पड़ रहा है लेकिन तुम देख नहीं पा रहे हो !"

"हां ! मैं स्वीकार करता हूं कि मेरे पास तुम्हारे जैसी नजर नहीं है। अब तुम बताओ भी।" उसने हैट को मेरे हाथ से ले लिया। फिर वो उस हैट की विशेषतायें बताने लगा।

"अब मैं आपको बताता हूं कि इस हैट में वे कौन सी चीजें हैं जो उस इंसान की पहचान को उजागर करती हैं और प्रूव करती हैं कि इसे पहनने वाला आखिर कैसा इंसान होगा ? वह इंसान कभी बहुत पैसे वाला रहा हो सकता है। पिछले तीन सालों तक उसकी हालत अच्छी रही होगी लेकिन अब पिछले कुछ समय से शायद वो अपने बुरे दौर से गुजर रहा है।

ये इंसान लोगों की निगाहों में अपनी सेल्फ-रिस्पेक्ट बनाये रखना चाहता है। इस इंसान के बाल ग्रे रंग के हैं और इसने अभी कुछ दिनों पहले ही अपने बालों की कटिंग करवाई है। चौड़े माथे और बड़े सिर वाला ये इंसान नींबू की खुशबू वाली क्रीम लगाता है। ये इंसान अपनी पत्नी को भले ही चाहता हो पर इसकी पत्नी इसे प्यार नहीं करती। ये जो भी है अपने घर में लैम्प की बजाये मोमबत्ती का इस्तेमाल करता है।"

मैं आश्चर्य के साथ शरलॉक का मुंह ताक रहा था। उसने इतना कुछ बता दिया था और मैं इनमें से एक भी बात नहीं बता पाया था।

"अब तुम ये जरूर जानना चाहोगे कि मैंने ये सब कैसे जाना ?"

"मरा जा रहा हूं।"

"ये हैट लगभग तीन साल पुराना है। यह बेस्ट क्वालिटी का हैट है। काफी महंगा। जिसे उस समय वही खरीद सकता था जिसकी माली हालत काफी अच्छी हो। लेकिन यदि इस इंसान ने खराब होने के बाद भी भविष्य में ऐसा दूसरा कोई हैट नहीं खरीदा तो इसका मतलब यही हो सकता है कि भविष्य में चल कर उसकी माली हालत खराब हुई होगी।

यहां तक कि कई जगह से घिस जाने के बाद भी उसने हैट की खूबसूरती को बनाये रखने के लिये उन जगहों पर काला रंग भी किया हुआ है | इससे यह पता चलता है कि वो सेल्फ रिस्पेक्ट के मामले में गम्भीर है और लोगों के सामने अपनी फायनेंशियल पोजिशन का पता नहीं चलने देना चाहता |

लेंस द्वारा हैट के अंदर की तरफ की लाईनिंग की जांच करने पर मैंने वहां ताजे कटिंग किये गये बालों को फंसे देखा | ये एक ही साईज के बारीक बालों के टुकड़े थे जैसे किसी नाई की दुकान से कटिंग करवाकर लौटे किसी इंसान के सिर में छूटे रह जाते हैं और अक्सर नहाते समय तौलिये या नहाने के साबुन इत्यादि पर भी दिखाई पड़ते हैं | हैट की इसी लाईनिंग पर लाईम क्रीम की खुशबू भी आती है |"

"लेकिन तुमने ये कैसे पता लगाया कि उसकी पत्नी उसे प्यार नहीं करती ? क्या पता उसकी पत्नी हो ही नहीं ? वो अभी कुंआरा ही हो ?"

"नहीं ! बिल्कुल नहीं ! वो कुंआरा नहीं है ! इस हैट पर धूल की मोटी परत जमा है | यह धूल ब्राउन कलर की है जैसी कि आमतौर पर घरों में पाई जाती है | बाहर सड़कों पर पाई जाने वाली धूल काले या ग्रे रंग की होती है | धूल तभी जमा हो सकती है जबकि हैट की देखभाल ना की जा रही हो | हैट एक सम्मानीय व्यक्ति के सम्मान की प्रतीक वस्तु है | कोई भी पत्नी जो अपने पति को प्यार करती होगी तो वो हमेशा उसकी हैट को जरूर साफ़ करके रखेगी | यह हैट काफी दिन तक घर के भीतर कहीं टंगी रही होगी |

पत्नी इसकी केयर करती तो उस पर धूल नहीं दिखती | और ये बात बिल्कुल मान्य नहीं है कि उसकी पत्नी नहीं है और वो कुंआरा है | उसके कंधे पर जो गूस थी उसे वो अपनी पत्नी को ही भेंट में देने के लिये ले जा रहा था | याद करो गूस के पंजे में बंधा हुआ वो कार्ड जिस पर लिखा था 'मिसेज हेनरी बेकर के लिये |'

"तुस्सी ग्रेट हो शरलॉक होम्स जी ! पर घर में मोमबत्ती जलाने की बात कैसे पता चली ?"

"वैरी ईजी ! हैट कई जगहों से जली हुई है जिसका मतलब है कि घर में मोमबत्ती जलाई जाती है | जब कोई हैट लगाया हुआ व्यक्ति हाथ में मोमबत्ती उठा कर इधर-उधर जाता है तो उसकी लौ चेहरे तक उंची उठी होती है इस कारण उसकी लौ अनजाने में हैट को छू जाती होगी | हैट पर

ऐसे जलने और काले धुएं के पांच-छह निशान हैं हालांकि उन्हें काले रंग से छुपाने की कोशिश की गई है।"

"तुस्सी वाकई ग्रेट हो।"

"मैं ही नहीं, कोई भी मेरी तरह ग्रेट हो सकता है ! बस नजरों को चाक-चौबंद रखना जरूरी है।"

"हैलो जेंटलमेन !" तभी कमिश्नर पीटरसन ने वहां कदम रखा।

"आइये कमिश्नर साहब !"

"क्या उस हैट वाले का कुछ पता चला ?"

"हम उसी पर चर्चा कर रहे थे।"

"एक मिनट ! ये तो गूस के रोस्ट होने की खुशबू है !"

"हां ! मेरी पत्नी उसे रोस्ट कर रही है।"

"लेकिन क्या तुमने उसे ...?"

"हां ! इसके अलावा मेरे पास कोई चारा नहीं था।"

"तो तुमने उसे अपना चारा बना लिया !"

"नहीं ! मैं आपका भी इन्तजार कर रहा था। यह देखिये।"

शरलॉक के हाथ में एक नीले रंग का शानदार हीरा चमक था और चेहरे पर एक अर्थ पूर्ण मुस्कान।

"ये क्या है ?"

"ब्लू डायमंड !"

"लेकिन हैट और गूस के बीच में ये ब्लू डायमंड कहां से आया ?"

"ये मेरी पत्नी को मिला है सर !"

"क्या ये हैट में था ?"

"नहीं ! गूस में !"

"व्हाट ?"

"यस ! मेरी पत्नी ने जब उसे रोस्ट करने के लिये काटा तो ये उसकी गर्दन में अटका मिला।"

"गूस की गर्दन में ब्लू डायमंड ?"

“हां ! इसलिये ही तो मैंने उसे रोस्ट करने का विचार किया था |”

“मतलब तुम उसे उसके गले में देख चुके थे ?”

“मुझे उसके गले की स्किन में कुछ नीलापन दिखाई पड़ गया था | गूस का गला कुछ सूजा हुआ सा था | मुझे लगा वहां कुछ हो सकता है | उसका पता बिना उसके कटे नहीं लगाया जा सकता था | वहां ये हीरा था |”

“ये बेहद कीमती है !” उस हीरे को देखते हुए कमिश्नर का मुंह भाड़ सा खुला हुआ था |

“क्या इसे देख कर किसी की याद आती है ?”

“हां ! यकीनन ! ये मोरकर की महारानी का बेहद प्रिय ब्लू कार्बंकल है | ये हीरा होटल कॉस्मोपोलिटन से चोरी चला गया था | अखबारों में इसकी खोज के लिये विज्ञापन दिये गये थे | इसकी तलाश के लिये तगड़ा रिवार्ड रखा गया था | सिर्फ पांच दिन पहले ही इसकी चोरी में जॉन होर्नर नाम के एक प्लम्बर को गिरफ्तार भी किया गया है | उसके खिलाफ पुख्ता सबूत थे | वो इस समय भी जेल में है |”

“ये है अखबार में छपी वो खबर |” शरलॉक होम्स ने एक अखबार उनके सामने फैला दिया | अखबार में जो खबर छपी थी वो इस तरह से थी –

“होटल कॉस्मोपोलिटन से ब्लू कार्बंकल की चोरी में प्लम्बर जॉन होर्नर गिरफ्तार !

जानकारी के मुताबिक़ होटल के मुख्य अटेंडेंट जेम्स राईडर ने इस बात का सबूत दिया कि प्लम्बर जॉन होर्नर उस दिन महारानी के ड्रेसिंग रूम में गया था | उसने बताया कि वो खुद भी उसके साथ गया था लेकिन बाद में वो अपने काम से चला गया तो लौटने पर उसने जॉन होर्नर को गायब पाया था |

तिजोरी को तोड़ा गया था | एक प्लम्बर के पास उसे तोड़ने के सभी औजार मौजूद हो सकते थे | राईडर ने उसी समय अलार्म बजा कर चोरी के बारे में सबको आगाह कर दिया था और उसी दिन शाम को ही इंस्पेक्टर ब्रेडस्ट्रीट द्वारा होर्नर को गिरफ्तार कर लिया गया | इसके बावजूद भी ब्लू कार्बंकल को बरामद ना किया जा सका | कोर्ट में चीख-चीख कर जॉन खुद को बेकुसूर बता रहा था |”

"तो ये है आपकी पुलिस और कोर्ट की कार्रवाही कमिश्नर साहब !" शरलॉक ने गहरी सांस लेकर कहा – "ब्लू कार्बंकल यहां है | हमारे पास जिसकी चोरी के इल्जाम में एक शख्स सजा काट रहा है | ये हमें मिला है एक गूस के गले में | गूस हमारे पास पहुंची है किसी हेनरी बेकर नाम के इंसान द्वारा जो एक गंदा सा हैट पहनता है और मैं उसके बारे में बता कर मिस्टर वाटसन को काफी बोर भी कर चुका हूं | ब्लू कार्बंकल उस इंसान के पास कैसे पहुंचा यह पता लगाने के लिये उस इंसान हेनरी बेकर का मिलना बहुत जरूरी है | इसके लिये हमें तुरन्त अखबारों में एक एड देना होगा | यह काम तुरन्त होना जरूरी है कमिश्नर साहब |"

"लेकिन एड देने से काम ना चला तो ? मेरा मतलब अगर वो इंसान हेनरी अखबार ही ना पढ़ता हुआ हो तो फिर हम क्या करेंगे ?"

"फिर हम उस तक पहुंचने का कोई दूसरा रास्ता निकालेंगे |"

"हम अखबार में कैसा विज्ञापन देंगे ?" मैंने पूछा |

"मेरे विचार में मुझे एक कागज और पेन्सिल की जरूरत है |"

मैंने उसे कागज और पेन्सिल लाकर दिये

उसने लिखा – 'गौज स्ट्रीट पर क्रिसमस की सुबह पाया गया एक काला हैट और गूस जो किसी हेनरी बेकर का है | यदि हेनरी बेकर इस विज्ञापन को पढ़ें तो 22-1B, बेकर स्ट्रीट से आकर अपनी चीजें ले सकते हैं |"

"हमारी सफलता इस बात पर निर्भर करती है कि वो इसे पढ़े !"

"वो इसे जरूर पढ़ेगा क्योंकि उसने अपनी कीमती चीजों को खोया है | घटनास्थल पर एक खिड़की का कांच भी टूटा है | फिर इस घटना में एक उच्च पुलिस अधिकारी भी इन्वॉल्व हुआ है | वो जरूर जानना चाहेगा कि उस घटना का क्या अंजाम हुआ ? फिर हम उसका नाम बड़े शब्दों में छपवा रहे हैं | वो कम से कम अपना नाम अखबार में देख कर जरूर उस खबर को पढ़ने के लिये मजबूर होगा | हो सकता है कोई दूसरा भी उसे उसके नाम के कारण इस समाचार के बारे में बता दे | पर यह समाचार आज शाम के अखबारों में छप जाना चाहिये |'

"यह काम मैं तुरन्त पूरा करवाता हूं | लेकिन इस हीरे का क्या करना है ?"

"मिस्टर पीटरसन ! इसे अभी मेरे पास ही रहने दें।"

"यह आपके पास सुरक्षित रहेगा।"

"एक काम और भी आपको करना होगा कमिश्नर पीटरसन ?"

"वो क्या ?"

"एक गूस मुझे शाम से पहले भिजवानी होगी ताकि यदि वो इंसान मेरे पास आये तो मैं उसे उसकी सभी चीजें लौटा सकूं।"

"मैं समझ गया।"

पीटरसन के जाने के बाद शरलॉक ने उस हीरे को उठाया – "सचमुच ये इतना आकर्षक और वेशकीमती है कि किसी का भी मन इसे चुराने को ललचा सकता है। वैसे भी इस हीरे के काले इतिहास को मैं जानता हूं। इसके पीछे दो खून हो चुके हैं। इसके लिये एक शख्स आत्महत्या कर चुका है। कई बार इसे लूटने की नाकाम कोशिशें हुई हैं। समझ में नहीं आता कि ऐसे खूनी इतिहास रखने वाले हीरे को चुराने वाले को इससे क्या हास्लि होना है ?"

"या तो जेल या फांसी या कोई भारी मुसीबत !"

"अभी मैं इसे अपने लॉकअप में रख देता हूं और हमें महारानी को भी इन्फोर्म कर देना चाहिये ताकि वो चैन की सांस ले सके।"

"क्या तुम मानते हो कि प्लम्बर जॉन होर्नर इस केस में निर्दोष होगा ?"

"अभी नहीं कह सकता !"

"क्या हेनरी बेकर इसका चोर होगा ?"

"मुझे नहीं लगता कि ऐसा होगा। मुझे लगता है कि उसे तो शायद पता भी नहीं होगा कि इस गूस में कोई कीमती हीरा भी है। यदि वो हमारा विज्ञापन पढ़ कर हमारे पास पहुंचता है तो इसका पता तो कुछ क्षणों में ही लग जायेगा।"

"तो अभी फिलहाल इस केस से सम्बंधित तुम्हारे पास कुछ करने को नहीं है ?"

"नहीं !"

"तो फिलहाल मैं अपने एक पेशेंट को देखने जा सकता हूं | लेकिन मैं शाम को इस केस का अंजाम देखने जरूर समय पर पहुंच जाऊंगा |"

यह कहते हुए मैं चला गया | मैं शाम होने का बेचैनी से इन्तजार कर रहा था | शाम को जब मैं वापस बेकर स्ट्रीट पहुंचा तो मैंने वहां एक लम्बे इंसान को खड़े पाया जिसने लम्बा कोट पहना हुआ था | थोड़ी ही देर में वो और मैं शरलॉक होम्स के सामने थे | उसने अपना वही परिचय दिया जो मैं उसके लिये एस्पेक्ट कर रहा था – "मुझे हेनरी बेकर कहते हैं |"

"मुझे आपका ही इन्तजार था |" शरलॉक ने कहा – "क्या ये हैट आपका ही है ?"

"हां ! वो बुरे पल थे जब घबरा कर मैं इसे छोड़ कर चला गया था |" वो बेहद शालीनता के साथ पेश आ रहा था | वो बेहद शिष्टता के साथ बोल रहा था | उसने अपने हैट की तरफ देखते हुए कहा था |

मैं देख रहा था कि उसके बाल छोटे थे | उसने कुछ दिन पहले ही कटिंग करवाई थी जैसा शरलॉक ने कहा भी था |

"हमने आपका हैट तो सम्भाल कर रखा लेकिन आपकी बर्ड को हम खा गये क्योंकि इतने दिन तक उसे सम्भाल कर रखना सम्भव नहीं था |"

"मैं तो दोनों ही चीजों को खो चुका था | अब कम से कम मुझे मेरा हैट तो मिला | ये मेरे पुराने अच्छे दिनों की इकलौती यादगार है |" उसने अपनी उस माली हालत को खुद ही स्वीकार किया जिसे शरलॉक उसका हैट देखने के बाद पहले ही बता चुका था |

"लेकिन हमने आपके लिये दूसरी गूस का इंतजाम करवा दिया है |"

"हां ! उसे मैं अपनी पत्नी को उपहार में देना चाहता था | वो काफी दिनों से रोस्ट गूस खाने की इच्छा कर रही थी | मैं उसे खरीद पाने की हैसियत में नहीं था |"

"हां ! लेकिन फिर भी आप चाहें तो हमने उसके टूटे पंख, पंजे, चोंच व पेट का वेस्ट वगैरहा सम्भाल कर रखे हैं, आप उन्हें ले सकते हैं |" शरलॉक ने ऐसा मजाक क्यों किया था यह मेरी समझ के बाहर था |

"आप मजाक कर रहे हैं |" वो इस मजाक पर थोड़ा हंसा |

"हां ! शायद !" शरलॉक ने कहा – "अब आप अपनी हैट ले सकते हैं |" उसने हैट उठा ली |

"और वो रही आपकी गूस !"

"थैंक यू वैरी मच !"

"क्या आप मुझे बता सकते हैं कि आपने वो सफेद बर्ड कहां से खरीदी थी क्योंकि वो एक अच्छी मांसल किस्म की गूस थी | मुझे अक्सर खरीदनी होती हैं | मैं सोचता हूं कि भविष्य में वहीं से खरीदूंगा |"

"इसके लिये आपको गूस क्लब का मेम्बर बनना होगा | ये क्लब अल्फ़ा इन के पास है |"

"ओ. के. मिस्टर हेनरी ! थैंक्स !"

इसके बाद हेनरी चला गया |

शरलॉक वापस मेरी तरफ पलटा – "आप सोच रहे होंगे कि मैंने उसे जाने क्यों दिया ?"

"हां ! जाने देना ही था तो फिर अखबार में विज्ञापन दे कर उसे यहां बुलाया ही क्यों था ?"

"मैं उसे देख कर ही समझ गया था कि वो हीरे के बारे में कुछ नहीं जानता |"

"कैसे ?"

"इसके लिये मैंने उसे गूस के पंख, पंजे इत्यादि ले जाने की ऑफर दी थी | यदि उसे हीरे का पता होता तो वो गूस की वेस्ट को भी ले जाने की बात करता क्योंकि उसे गूस के पेट के वेस्ट में अपना हीरा मिलने की पूरी-पूरी उम्मीद होती |"

"ओह !"

"और वैसे भी फिर वो घटना के वक्त गूस को छोड़ कर न भागता | उसे ले जाने की कोई ना कोई कोशिश जरूर करता |"

इसके बाद पन्द्रह मिनट में हम लोग अल्फा इन पर बने ब्लूम्सबरी क्लब में थे | वहां पहुंच कर शरलॉक ने एक खुरदुरे चेहरे वाले को दो गिलास बीयर का ऑर्डर दिया | जब वो बिल लेकर आया तो शरलॉक ने कहा – "आपकी बीयर भी आपके गूस की तरह ही स्वादिष्ट थी |"

"क्या मतलब ? हम गूस नहीं बेचते |"

"हां ! मैं जानता हूं | हमें अभी कुछ देर पहले ही मिस्टर हेनरी बेकर ने आपके क्लब के बारे में बताया है | वो आपके क्लब का मेम्बर है |"

"ओह ! लेकिन वो गूस हमारे क्लब में नहीं पाली जाती | मैंने क्लब के सदस्यों के लिये लगभग दो दर्जन गूस कोवेंट गार्डन मार्केट के एक सेल्समैन ब्रेकिनरिज से खरीदी थीं |"

"ओह ! मैं उसे नहीं जानता | बहरहाल इस जानकारी का शुक्रिया मिस्टर |"

उसके बाद हम दोनों वहां से कोवेंट गार्डन मार्केट चल पड़े | शरलॉक ने कहा – "अब इस ब्रेकिनरिज की तलाश करनी होगी क्योंकि इस केस में एक इंसान को सात साल की सजा हो सकती है | मुझे लगता है कि पुलिस ने अपनी जांच ठीक से पूरी नहीं की | यदि मैं ऐसा कर सकूं तो हो सकता है कि हम प्लम्बर जॉन होर्नर के विरुद्ध कोई पुख्ता सबूत ढूंढ सकें या फिर हो सकता ही कि हमारी इन्वेस्टिगेशन से वो निर्दोष ही साबित हो |"

हम शीघ्र ही कोवेंट गार्डन मार्केट में एक दुकान के सामने खड़े थे जिस पर ब्रेकिनरिज का नाम लिखा था |

फ़िलहाल इसी एजेंट की हमें तलाश थी | उस वक्त वो अपनी दुकान का शटर गिरा रहा था यानी दुकान बंद कर रहा था |

ब्रेकिनरिज से हमें बड़ी मुश्किल से मिसेज ऑकशोट और उसके पॉल्ट्री फॉर्म का पता लगा | ब्रेकिनरिज कुछ अडियल टाइप का इंसान था | वो उस जगह का पता बताने को तैयार नहीं था जहां से वो उन बर्ड्स को लाया था | शायद उसे अपने धंधे के डूबने का खतरा हो रहा था | उसे लग रहा था कि कहीं हम वहां जाकर उसी से ही सीधे गूस ना खरीद लें | शरलॉक को पता जानने के लिये ट्रिक का इस्तेमाल करना पड़ा|

फिर जैसे ही हम वहां से जाने लगे तो एक भारी चेहरे वाला व्यक्ति उसकी दुकान में घुसा और आते ही तोड़-फोड़ मचाने लगा | मैं शरलॉक के इशारे पर ठिठक कर रुक गया और हम दोनों वह दृश्य देखने लगे | वह व्यक्ति चीख कर कह रहा था – "अगर अब तुमने मुझे नहीं बताया कि मिसेज ऑकशोट से खरीद कर लाई हुई गूस तुमने किस-किस को कहां-कहां बेचीं हैं तो मैं तुम्हारी जान ले लूंगा ?"

"लेकिन तुम ये क्यों जानना चाहते हो ?"

"उनमें से एक गूस मेरी भी थी जो भूल से तुम्हारे पास चली गई |"

“इस भूल के लिये तुम मिसेज ऑकशोट को दोष दो और उनके पास जाओ | मैं क्या कर सकता हूं |”

“तुम बस मुझे उन लोगों के नाम पते बता दो जिन्हें तुमने वो गूस बेचीं हैं |”

“अगर तुम यहां से फौरन नहीं गये तो मैं तुम्हें एक पता तो जरूर बता सकता हूं | अस्पताल का !” वो उससे भी चार गुणा तेज स्वर में चिल्लाया |

“हम इनकी लड़ाई में क्या कर रहे हैं ?” मैंने पूछा |

“इनकी लड़ाई के कारण हमारा मिसेज ऑकशोट के यहां जाने का फालतू का चक्कर बच गया |”

“क्या मतलब ?”

“मतलब अभी पता लग जायेगा |”

ब्रेकिनरिज ने उस व्यक्ति को जोर से धक्का दे कर बाहर का रास्ता दिखा दिया था | फिर इससे पहले कि वो वापस अंदर जाता शरलॉक ने उसका हाथ पकड़ लिया | उसने घूर कर शरलॉक को देखा | मुझे लगा कि कहीं वो हाथ ना उठा दे | पर इसके लिये शरलॉक तैयार था | उस व्यक्ति ने ऐसी कोई कोशिश नहीं की थी | शरलॉक ने उससे कहा – “तुम्हारी गूस के बारे में वो सचमुच कुछ नहीं जानता |”

“ये मेरा मामला है | तुम बीच में बोलने वाले कौन होते हो ?” वो दहाड़ा |

“मैं कुछ तो होता हूं | यदि तुम्हें उस गूस के बारे में जानना है तो इस जगह से बाहर चलो |”

“तुम उस गूस के बारे में कैसे जानते हो ? कौन हो तुम ?” उसकी आंखें आश्चर्य से चौड़ी हुईं |

“मेरा नाम शरलॉक होम्स है और मैं वो सब जानता हूं जिसे कोई जानने का इच्छुक नहीं होता |”

“तुम कोई पागल हो | तुम इस बारे में कुछ नहीं जानते |”

“गलतफहमी में मत रहो | मैं सब जानता हूं |”

“क्या जानते हो ?”

"यही कि तुम उन बर्ड्स का पीछा क्यों कर रहे हो जिन्हें ये सेल्समैन ब्रेकिनरिज ब्रिक्सटन रोड़ पर स्थित मिसेज ऑकशोट के पॉल्ट्री फॉर्म से खरीद कर लाया था।"

"मैं...मैं पीछा क्यों करुंगा ?"

"मैं तुम्हें बताता हूं कि उन गूस को इसने अल्फ़ा क्लब के मिस्टर विंडीगेट को बेच दिया जहां से एक गूस चली गई क्लब के एक मेम्बर हेनरी बेकर को और तुम्हें उसी गूस की तलाश है।"

"क्या मतलब ? उसमें ऐसी क्या बात है ? तुम क्या बक रहे हो ?"

"यदि मैं बक रहा हूं तो फिर ठीक है। अब तुमसे कल पुलिस के साथ मुलाक़ात होगी।"

"नहीं !" वो भयभीत दिखाई पड़ा।

"तो फिर मेरे विचार में हमें किसी ऐसी जगह पर चलना चाहिये जहां तुम मुझे सारी बातें खुल कर और साफ़-साफ़ बता सको।"

वो चुप खड़ा रहा। उसका दम जैसे निकला जा रहा था। हम वहां से हट गये। हम एक कैब में सवार हो कर बेकर स्ट्रीट आ गये। उसके बैठ जाने के बाद शरलॉक होम्स ने पूछा – "अब सबसे पहले अपना नाम बताओ !"

"मेरा नाम जॉन रोबिनसन है।" उसने शरलॉक से निगाहें चुराने की कोशिश की।

"झूठ के पर्दे जब तक बीच में रहेंगे तब तक कम से कम मैं तुमसे बात नहीं कर सकूंगा। अपना असली नाम बताओ !"

शरलॉक के मुंह से ऐसा सुनकर मैं भी चौंका। वह भी चौंका।

"मेरा असली नाम जेम्स राईडर है।" उसका चेहरा मुरझा गया था।

"गुड ! मैं जानता हूं तुम होटल कॉस्मोपोलिटन के मुख्य अटेंडेंट हो !"

"हां !" उसकी आंखें पीली पड़ चुकी थीं।

"अब मुझे वो सब बातें यह सोच कर बताते चले जाओ कि मैं वो सब जानता हूं जिसे तुम छुपाने की कोशिश कर सकते हो ?"

"मैं समझ गया हूं।" उसने कहा।

"तो सबसे पहले बताओ कि क्या तुम्हें एक विशेष गूस की तलाश है ? उसी गूस की जिसकी पूंछ पर एक काली सी रेखा बनी है ?"

"हां ! पता नहीं वो कहां गई ? क्या तुम जानते हो ?"

"वो यहां आ गई ? मेरे पास !"

"यहां ?"

"हां ! वो अदभुत गूस थी | भले ही वो मरी हुई थी पर यहां आ कर उसने नीले रंग का एक चमचमाता हुआ अंडा दिया |"

"अंडा ?" उसने भय से थूक निगला |

"हां ! लो तुम भी उसे देखो |" शरलॉक ने ब्लू कार्बंकल उसकी आंखों के आगे कर दिया | वो भौंचक्का रह गया |

"तो मिस्टर राईडर ! तुम इसे पहचान गये होंगे कि यह हीरा मोरकर की महारानी का है जिसे पिछले दिनों चुरा लिया गया था |

इसकी चोरी के इल्जाम में निश्चित रूप से तुम जानते हो कि एक निर्दोष प्लम्बर जेल में बंद है | तुम समझ गये होंगे कि अब तुम्हारा खेल खत्म हो चुका है | सारी सच्चाई सामने आ चुकी है | बस ! कुछ चीजों से पर्दा उठना बाकी है जिसे तुम उठाओगे |"

"मुझे ब्लू कार्बंकल की प्रशंसा करने की नीयत से उसके बारे में बताने वाली केथरिन थी | केथरिन कुसाक | वो महारानी की मेड थी |"

"ओह ! हीरे के बारे में पता चलने पर तुमने उसे चोरी करने करके रातों-रात अमीर बन जाने की योजना बना ली | यह सचमुच आसान था अमीर बनने के लिये | पुलिस को बरगलाने के लिये तुमने योजना के मुताबिक़ प्लम्बर जॉन होर्नर को बाथरूम की फिटिंग्स ठीक करने के लिये वहां भेजा ताकि चोरी करने के बाद तुम उस पर आरोप लगा सको | दुर्भाग्य से वो इस केस में फंस भी गया |"

यह सुनते ही वो शरलॉक के पांवों पर गिर पड़ा |

वो रोने लगा – "मुझ पर रहम करो प्लीज ! मेरे बूढ़े माता-पिता के बारे में सोचो | अगर मुझे जेल हो गई तो वो रो-रो कर मर जायेंगे | मैं सौंगध लेता हूं कि आगे से कभी ऐसा काम नहीं करुंगा | वैसे भी हीरे को चुराने के बाद मेरी आत्मा मुझे धिक्कार रही है |

जॉन होर्नर जेल में है | यह बात मेरी आत्मा पर बोझ है | मैं हीरे की खोज कर रहा था ताकि उसे पुलिस तक पहुंचा कर किसी तरह से जॉन को

जेल से छुड़वा सकूं | मेरी बात का यकीन करो | मैं तुम्हें सब कुछ बता दूंगा पर मुझे पुलिस के हवाले मत करना |"

"अपने लिये ऐसे हालात तुमने खुद पैदा किये हैं | अपराध करने से पहले तुमने एक बार भी जॉन होर्नर के बारे में नहीं सोचा ?"

"हां ! मैं उसका कुसूरवार हूं |"

"इसके बारे में हम बाद में बात करेंगे | फ़िलहाल तुम मुझे ये बताओ कि ये हीरा गूस में और गूस बिकने के लिये बाजार में कैसे पहुंच गई ?"

जेम्स राईडर ने अपनी सूखी जुबान पर जीभ फेरी फिर बोलने लगा – "मैं आपको बताता हूं कि क्या कैसे हुआ ? ब्लू कार्बंकल को चुराने के बाद मेरे सामने सबसे बड़ी समस्या इसे पुलिस की सरगर्मी खत्म होने तक पुलिस और दूसरे लुटेरों से बचाने और छुपाने को पैदा हुई क्योंकि मैं कोई पेशेवर अपराधी नहीं था |

अगर किसी को इसके बारे में पता चल जाता तो शायद वो इस हीरे के लिये मुझे मार ही डालता | मैं एक ऐसे आदमी को जानता था जो मुझे हीरे को बिकवाने में मेरी मदद कर सकता था | लेकिन वो किलबर्न में रहता था|

हीरे को बेचने के लिये उसे छुपा कर ले जाना भी जरूरी था | मुझे लगा ये काफी मुश्किल काम है | मैं बहुत घबरा गया | मैं चोरी पर पछता रहा था | इसी उधेड़बुन में मैं अपनी बहन के घर चल पड़ा | यह सच है सर कि यदि आप ईमानदार हैं तो आप फख्र से सिर ऊंचा करके समाज में चल सकते हैं | आप को किसी का भय नहीं |

लेकिन यदि आप एक अपराधी हो जाते हैं तो आप अपने आप से भी छुपने लगते हैं | उस समय मेरी भी यही हालत थी | मुझे हर इंसान में पुलिस और जासूस दिखाई पड़ रहा था | मुझे हर पल अपने हाथों में हथकड़ियां दिखाई पड़ रही थीं | चोर होने के बाद मेरी स्थिति काफी बदल गई थी | मेरा सुकून चला जा रहा था | मुझे लगा कि मैंने ये क्या कर दिया ? शायद इसे ही कहते हैं अपने पांवों पर कुल्हाड़ी मारना | मेरी बहन पॉल्ट्री फॉर्म चलाती है |"

"ओह ! तो मिसेज ऑकशोट तुम्हारी बहन है ?"

"हां ! मैं वहां पहुंचा | मेरा पीला पड़ा चेहरा देख कर मेरी बहन ने मुझसे पूछा भी कि मुझे क्या हुआ है ? मैंने होटल में चोरी की बात बता कर बात को टाल दिया लेकिन उसे यह नहीं बताया कि वो चोरी मैंने ही

की थी | उसकी मुर्गियां मेरे आसपास दाना खाते हुए घूम रही थीं | अचानक मेरे दिमाग में एक आईडिया आया | मैं खुशी से झूम उठा | मुझे लगा उस वक्त उस मनहूस हीरे से छुटकारा पाने का यह सचमुच एक अच्छा तरीका हो सकता था | वास्तव में मेरी बहन ने क्रिसमस पर मुझे एक गूस देने का वायदा किया था | मैंने यही सोच कर ब्लू कार्बंकल एक खास निशान वाली मुर्गी को खिला दिया कि जब मेरी बहन मैगी मुझे गूस लेने को कहेगी तो मैं आकर इसी गूस को ले जाऊंगा | मैं अपनी बहन को मैगी कहता था | मैंने हीरे को गूस के गले से नीचे जाते हुए देखा तो चैन की सांस ली |"

"लेकिन वैसा हो ना सका |"

"हां ! योजना के मुताबिक़ मैं वापस मैगी के पास पहुंचा और उसे अपना वायदा याद दिलाया | उसे याद था | वो मेरे साथ वापस पॉल्ट्री फॉर्म आई | उसने मुझसे पूछा कि मुझे कौन सी बर्ड चाहिये ? मैंने उसे बताया कि मुझे ऐसी सफेद गूस चाहिये जिसकी पूंछ पर एक काली लकीर हो |"

"उसने मुझे ऐसी बर्ड पकड़कर ले जाने की आज्ञा दे दी | मैं खुशी से झूम उठा | मैं अपनी बुद्धि पर इतरा रहा था | मैंने उस सफेद गूस को पकड़ लिया जिसकी पूंछ पर एक काली लकीर थी | मैंने घर आकर गूस को मार डाला | लेकिन मुझे हीरा उसमें नहीं मिला | मेरे पांव के नीचे से जैसे धरती खिसक गई | मैंने गूस की बड़ी बारीकी से जांच की लेकिन हीरा उसमें नहीं था तो मिलता कहां से ! मुझे लगा कि गूस चुनने में गलती हो गई है |"

"तुम वापस गये होंगे ?"

"हां ! लेकिन वहां अब एक भी गूस नहीं थी | मैं चीख पड़ा – 'मैगी ! वो सारी बड्र्स कहां गईं ?"

'वे सब तो बिक गईं ?'

'उन्हें कौन ले गया ?'

'मेरा परमानेंट ग्राहक ब्रेकिनरिज |'

'उफ़ ! क्या उसमें एक और भी ऐसी गूस थी जिसकी पूंछ पर काली धारी हो ?'

'हां ! एक और थी | पर तुम क्यों पूछ रहे हो ?'

'वैसे ही ! मुझे वैसी एक और बर्ड चाहिये थी | जोड़ा बनाने के लिये |'

"मैं ब्रेकिनरिज के पास पहुंचा | उससे गूस के बारे में पूछा | वो दिमाग का अक्खड़ था | उसके पास कुछ ही गूस बची थीं | उसने किसको दी थीं यह वो नहीं जानता था या बताना नहीं चाहता था | उसने एक-दो के बारे में बताया भी, लेकिन जब मैं उनके मालिकों के पास पहुंचा तो उनमें वह गूस नहीं थी | वो मुझे सभी गूस मालिकों के बारे में नहीं बता रहा था इसलिये मुझे उस पर गुस्सा आ गया था और मैंने उस वक्त उसका गला पकड़ लिया था | संयोग से आप भी उस वक्त वहीं थे |"

"अब तुम यहां से चले जाओ |"

"क्या ?" वो चकित भाव से शरलॉक का चेहरा देख रहा था |

"कुछ कहने की जरूरत नहीं | जाओ यहां से !"

जेम्स राईडर बिना कुछ बोले वहां से चला गया |

"तो आपने देखा मिस्टर वाटसन कि आखिर हमारे हाथ असली अपराधी तक पहुंच ही गये ?"

"हां ! लेकिन तुमने उसे जाने क्यों दिया ?"

"यह सच है कि इसने एक निर्दोष को संकट में डाला था | वह मुजरिम था | लेकिन फिर भी मैंने उसे जाने दिया क्योंकि उसे अपनी गलती का एहसास हो चुका था | वो बहुत डर गया था | वो भविष्य में ऐसी गलती नहीं दोहराएगा यह बात वो भी समझ गया है और मैं भी |

सजा का अर्थ भी तो व्यक्ति में सुधार की भावना लाना ही होता है | फिर ये क्रिसमस का अवसर है | क्षमा का दिन | हीरे की बरामदगी हो चुकी है | हीरा एक गूस के पेट से बरामद हुआ है यह बात कमिश्नर पीटरसन का बयान भी साबित कर देगा | जॉन होर्नर ने चोरी नहीं की तो डिफेंस लॉयर की 'क्रॉस क्वशचनिंग' में निश्चित ही वो छूट जायेगा |"

"और मैं जानता हूं कि पुलिस ऐसी पुख्ता इन्वेस्टिगेशन करके कभी उस कहानी तक नहीं पहुंच पायेगी जिस तक तुम जा पहुंचे क्योंकि तुम मास्टर डिटेक्टिव शरलॉक होम्स हो और शरलॉक होम्स को 'सब कुछ दिखता है' !"

"यह आपके व्यक्तिगत विचार हैं | इस बारे में मैं कुछ नहीं कहूंगा |"

"लेकिन पेट में कूदते हुए चूहे भी तुम्हें दिख रहे हैं या नहीं ?"

"ओह ! मैं अभी श्रीमती जी को खाना लगाने को कहता हूं |" मुस्कराते हुए शरलॉक होम्स ने कहा और फिर दोनों डायनिंग टेबल के आसपास पड़ी कुर्सियों पर जा जमे | भीतर रसोई में से रोस्ट मुर्गी की खुशबू आ रही थी ।

❐

चलती रहे जिंदगी !!!!

(A Case of Identity)

"डीयर वाटसन !" शरलॉक होम्स और मैं बेकर स्ट्रीट पर कॉफी का लुत्फ़ उठा रहे थे – "जिंदगी इंसान की बनाई हुई सभी चीजों से ज्यादा रहस्यमय है |"

उसकी बात सुनकर मैं उसकी तरफ देखने लगा | शरलॉक होम्स गम्भीर था |

"अब देखो ! कभी-कभी लगता है कि जीवन में जिन चीजों की सबसे ज्यादा जरूरत है वही हमारे पास नहीं है और उन चीजों के बिना हम कुछ कामों को करने की हिम्मत भी नहीं जुटा सकते |"

"मिस्टर शरलॉक !" मैंने कहा – "जासूस आप हैं | मैं आपका असिस्टेंट हूं | बात को कुछ खुल कर समझाओ |"

"जरा सोचो ! यदि हम हाथ में हाथ डाल कर उस खिड़की से उड़ते हुए बाहर निकल जाते | हम उड़ रहे होते और घरों की छतें ना होतीं | हम देख सकते कि कहां क्या चल रहा है ? कहां किसके विरुद्ध क्या योजना बन रही है ? यदि हम घटनाओं को हू-ब-हू देख सकते होते तो कितनी चीजों का पता तुरंत ही लग जाता और पुलिस और जासूसों को केस सॉल्व करने में लोगों की कितनी मदद हो जाती |"

"मैं इस बात से सहमत नहीं हूं |"

"क्यों ?"

"अक्सर ज्यादातर केस अख़बारों के जरिये ही हम तक पहुंचते हैं और अक्सर पुलिस को इन केसिज की सारी डिटेल्स भी पता होती हैं | मगर कितने हैं जो फिर भी इनमें से हल हो पाते हैं ?"

"सभी केस पुलिस की छानबीन गवाहों के बयानों और प्राप्त सबूतों पर निर्भर करते हैं | उन्हीं के आधार पर मजिस्ट्रेट अपने फैसले सुनाता है |"

"हां ! उन केसिज के लिए भी जिनके पीछे आम कारण होते हैं | जैसे आज सुबह के इस अखबार में एक खबर छपी है |" मैंने अखबार की तरफ इशारा करते हुए कहा – "एक पति ने अपनी पत्नी को बेरहमी के साथ पीटा | मैंने आगे की खबर नहीं पढ़ी लेकिन मैं इस हेडिंग को पढ़ कर ही बता सकता हूं कि इसके पीछे क्या कारण रहा होगा ?

या तो इसके पीछे कोई दूसरी औरत होगी | या फिर पति ज्यादा पीता होगा और पत्नी को उसका ज्यादा पीना पसंद नहीं होगा | या उसका ध्यान उसकी बहन मतलब अपनी साली की तरफ अधिक होगा इत्यादि जैसे कारणों में से कोई एक कारण ही इसके पीछे हो सकता है | क्या इन कारणों का पता पुलिस या मजिस्ट्रेट को नहीं होता ?"

"आपका कहना ठीक है मिस्टर वाटसन ! लेकिन थोड़ा निगाहें नीचे करेंगे तो वहां एक और खबर भी छपी पायेंगे | ये एक तलाक के केस के बारे में है | इसमें ना तो पति शराबी है ना ही किसी दूसरी औरत का चक्कर है और ना ही वो अपनी साली की तरफ अट्रैक्ट है |"

मैं चुप था और उसे देख रहा था |

"इस केस में पति ने खाना खाने के बाद अपने नकली दांत अपनी पत्नी पर फेंक मारे थे | झगड़े की वजह कितनी अजीब है ना ? कहने का अर्थ ये है कि कभी-कभी जो होता है वो दिखता नहीं है और जो नहीं दिख रहा होता वही होता है | कभी-कभी हम जिसे देख रहे होते हैं उसे बयान नहीं कर सकते और कभी-कभी जो बयान सुन रहे होते हैं वो देख नहीं पाते |"

तभी दरवाजे पर दस्तक हुई |

शरलॉक होम्स के बेहद विश्वासपात्र आदमी बिली ने दरवाजा खोला | वो पूरे घर की देखभाल का काम करता था | उसने देखा कि वहां एक लड़की बदहवास सी खड़ी है | उसकी उम्र कोई पच्चीस साल की रही होगी | उसके बाल सुनहरे थे | होंठ सुर्ख | चेहरा व रंगत खूबसूरत |

उसने बताया कि वो मैरी सदरलैंड थी |

शरलॉक होम्स ने उसका औपचारिक रूप से स्वागत किया और उसे बैठने को कहा | मैं (वाटसन) उसकी आंखों में बेचैनी साफ़ देख रहा था | वो किसी समस्या को लेकर जबर्दस्त ढंग से परेशान थी | वैसे भी वो शरलॉक के पास आई थी तो उसका परेशान होना तो लाजिमी ही था | एक अनजान

शख्स वो भी एक लड़की क्यों भला एक ऐसे इंसान के पास आयेगी जो अपनी ही दुनिया में व्यस्त रहता था |

उसकी अपनी दुनिया |

जहां इन्वेस्टिगेशन थी |

खोजें थीं |

परेशान शुदा लोगों की मदद का जज्बा था |

उसके बैठते ही शरलॉक ने कहा – "नजर कमजोर होने के बाद भी आप कैसे टाइपराइटर के शब्दों को तुरंत ढूंढ लेती हैं ? क्या आपकी टाइपिंग स्पीड पर असर नहीं पड़ता ?"

"अ...पहले पड़ता था |" उसने चकित भाव से शरलॉक की तरफ देखते हुए कहा – "लेकिन अब मैं जानती हूं कि टाइपराइटर में कौन सा शब्द कहां है ? अब मुझे उन्हें देखने की जरूरत नहीं पड़ती | लेकिन... आपने मुझे देखते ही ये कैसे जान लिया ? मैं तो आप से पहली बार ही मिल रही हूं ?"

"इसमें कोई बड़ी बात नहीं !" शरलॉक होम्स ने हंसते हुए कहा – "मेरा काम ही ऐसी चीजों को जानना है |"

"फिर भी क्या मैं जान सकती हूं कि आपने कैसे जाना ?"

"मेरे घर में आते हुए आपने मेरी नेम को प्लेट को पढ़ा था | पढ़ते वक्त आप आखों को थोड़ा मिचमिचा रही थीं | ऐसा वही लोग करते हैं जिनकी नजर थोड़ा कमजोर होती है | आपकी आस्तीनें कुहनी के पास से बहुत मुचड़ी हुई सी और कुछ गंदी हो रही हैं जैसे वो टेबल से रगड़ खा कर घिसटते हुए चलती हों | बस | इसी से मुझे आईडिया हुआ कि आप टाइप के काम में रूचि लेती हैं |"

"ओह ! वैल ! ब्रिलियेंट !" वो बहुत प्रभावित दिखी |

"अब आप मुझे बता सकती हैं कि आप यहां किस उद्देश्य से आई हैं ?"

"मैं अपनी एक दोस्त मिसेज ईथ्रीग के केस की सफलता के बारे में सुन कर आपके पास आई हूं |"

"ओह ! मिसेज ईथ्रीग ! उनके हजबैंड के गायब हो जाने का केस ?"

"हां ! हर कोई, यहां तक कि पुलिस भी उन्हें मृत मान चुकी थी, लेकिन आपने कितनी आसानी से उन्हें ढूंढ निकाला | मैं चाहती हूं कि आज भी

आप कुछ-कुछ वैसा ही करें | यहां आने के बाद तो अब आपकी काबलियत पर मुझे जरा भी संदेह नहीं रहा |"

"आप अपनी समस्या तो बतायें |"

"मुझे मिस्टर होस्मर एंजल की तलाश है |"

"आप जब यहां आ रही थीं तो आप काफी गुस्से में थीं ?"

"हां ! क्योंकि इस मामले में मेरे फादर भी मेरी कोई मदद नहीं कर रहे थे | मेरी समस्या सुन कर उन्हें मेरे साथ तुरंत पुलिस स्टेशन जाना चाहिये था पर उन्होंने ऐसा कुछ नहीं किया |"

"आपके पापा का नाम जान सकता हूं ?"

"मिस्टर विंडीबैंक !"

"आपके फादर मेरा मतलब आपके स्टेप फादर ?"

"हां ! लेकिन....आ...आपने यह कैसे जाना ?"

मेरी सदरलैंड की तरह उसकी बातें सुन-सुन कर मैं भी बुरी तरह हैरान हो रहा था | कितनी आसानी से वो चीजों के बारे में जान जाता था |

वो सचमुच ग्रेट था |

वो ब्रिलियेंट था |

वो मास्टर |

मास्टर डिटेक्टिव !

"वेरी सिम्पल ! आपके फादर और आपके सरनेम के फर्क से | यदि वो आपके सौतेले पिता ना होते तो आपका और उनका सरनेम एक ही होता |"

"ओह ! वैसे मैं उन्हें पापा कहती हूं हालांकि यह मुझे एक मजाक सा लगता है |"

"क्यों ?"

"क्योंकि वे मुझसे केवल पांच साल छह माह ही बड़े हैं |"

"और आपकी मां ? वो कहां है ?"

"वो ठीक हैं | पापा की मौत के बाद उन्होंने जल्दी ही दूसरी शादी कर ली थी और उनका पति उम्र में उनसे पन्द्रह साल बड़ा था | मेरे पापा प्लम्बर थे | उन्होंने अच्छा चलता हुआ बिजनिस छोड़ा था जिसे मेरी मां

और मिस्टर हार्डी सम्भाल रहे थे। मिस्टर हार्डी उनकी कम्पनी में फोरमैन हैं। पर मिस्टर विंडीबैंक के आते ही मां ने जमे-जमाये उनके बिजनिस को बेच कर सारे पैसे को मिस्टर विंडीबैंक के शराब के बिजनिस में लगा दिया।"

"उससे तुम्हारी जेबखर्ची पर भी फर्क पड़ा होगा ?"

"नहीं ! मुझे जेबखर्ची मेरे अंकल नेड से मिलती है जो कि ऑकलैंड में रहते हैं। न्युजीलैंड में उनका स्टॉक का काम है। वहां से मुझे लगभग ढाई हजार पाउंड्स मिलते हैं लेकिन मैं केवल इसका ब्याज ही खर्च करती हूं जो मेरे लिये काफी होता है। इसके अलावा मैं टाइप के काम से भी काफी पैसे बना लेती हूं।"

"मैंने तुम्हारी आर्थिक स्थिति के बारे में काफी कुछ जान लिया। अब मैं सबसे पहले आपका परिचय अपने मित्र डॉक्टर वाटसन से करवाता हूं।" शरलॉक ने मेरी तरफ इशारा करते हुए कहा – "अब मैं चाहता हूं कि आप मुझे मिस्टर होस्मर एंजल के बारे में सब कुछ बतायें।"

"उससे मेरी पहली मुलाक़ात 'गैस फिटर्स बॉल' पर हुई। ये एक बहुत बड़ा सामाजिक जलसा था जहां लोग नाचते-गाते हैं। इसके लिए पापा ने पहले से टिकेट्स का इंतजाम किया हुआ था जब वे जीवित थे। उनके बाद उन टिकेट्स को मां को भेज दिया गया था। मिस्टर विंडीबैंक नहीं चाहते थे कि हम वहां जायें। वे हमें कहीं भी जाने से मना ही करते थे।

एक बार तो वो बहुत बिगड़े जब मैंने स्कूल की ट्रीट पर जाने की जिद्द की, लेकिन मैं तो जाने का फैसला कर चुकी थी। उन्हें मुझे रोकने का क्या अधिकार था ? मेरी अपनी जिंदगी थी। मेरी अपनी ख्वाहिशें थीं। उस पर वे बंदिशें नहीं लगा सकते थे। जब उन्हें पता चला कि मेरे पापा के सभी फ्रेंड्स भी वहां आने वाले हैं तो उन्होंने यह कह कर हमें रोकने की कोशिश की कि यह फंक्शन हमारे लिए ठीक नहीं है

उन्हें मेरे पहनावे पर भी ऐतराज था। वो बहुत खूबसूरत कीमती वेलवेट की बनी पौशाक थी। मैं उसमें बहुत कम्फर्ट फील कर रही थी। यह अच्छा हुआ कि उन्हें अपने काम के सिलसिले में फ्रांस जाना पड़ा। तब मैं और मां मिस्टर हार्डी के साथ वहां गये। वहां... हां ! वहां मैं पहली बार उससे मिली। मिस्टर होस्मर एंजल !" वो कहीं खो सी गई। मैं समझ सकता था कि वो एंजल के ख़्वाबों में चली गई है।

"तब तो फिर जब मिस्टर विंडीबैंक अपने काम से लौटे होंगे तो यह जान कर बहुत गुस्सा हुए होंगे कि तुम उनके मना करने के बाद भी जलसे में चली गईं ?"

"नहीं ! ऐसा कुछ नहीं हुआ | बल्कि लौटने पर वे बहुत खुश थे |"

"तो तुम उस जलसे में मिस्टर होस्मर एंजल से मिलीं ?"

"यस सर ! मैं उसी रात उससे मिली | वहां रौशनी अधिक नहीं थी पर वो हमारी पहली मुलाक़ात थी | पापा के लौटने से पहले हम दो बार मिले लेकिन उनके लौट आने के बाद वो मुझसे नहीं मिला |"

"अरे ! पर क्यों ?"

"मैं आपको बता चुकी हूं कि मिस्टर विंडीबैंक की सोचें हमारी सोचों से एकदम अलग थीं | उन्हें मेरी इच्छाओं व पसंद की परवाह नहीं थी | वे हमारा मिलना पसंद नहीं करते | इस बात को एंजल भी जानता व समझता था | वो कोई फसाद खड़ा करना नहीं चाहता था |"

"तो मिस्टर होस्मर एंजल कितने दिन तक आपसे नहीं मिले ?"

"जब तक पापा वहां रहे | उन्हें उसी हफ्ते फिर से फ्रांस जाना पड़ा तब होस्मर ने मुझे पत्र लिखा कि मिलने से अधिक यह तरीका ज्यादा सुरक्षित है आपस में बात करने का | कुछ तुम लिखो | कुछ हम लिखें | मिलजुल कर कुछ हम तुम लिखें | इस प्रकार हम एक-दूसरे को पत्र लिखने लगे | हमने एक जगह तय कर दी थी जहां हम अपने पत्र छोड़ देते थे | वो अपना पत्र रात को छोड़ देता था मैं सुबह अपना छोड़ आती थी और उसका पत्र ले आती थी |"

"वो करता क्या था ?"

"मैं उसके बारे में सिर्फ इतना जानती हूं कि वो लैडेनहॉल स्ट्रीट के किसी ऑफिस में कैशियर का काम करता है |"

"वहां किस ऑफिस में ?"

"यह...मैं नहीं जानती |"

"ये तो पता होगा कि वो रहता कहां है ?"

"उसने बताया था कि वो ऑफिस में ही सोता है |"

"मतलब तुम्हें उसका पता तक नहीं मालूम ?"

"नहीं |"

"प्यार करने वालों के पते दिल तक ही सीमित होते हैं | खैर ! तुम अपने पत्र किस पते पर भेजती हो ?"

"लैडेनहॉल स्ट्रीट पोस्ट ऑफिस के पते पर |"

"उसने पत्र भेजने के लिये अपने ऑफिस का पता क्यों नहीं दिया ?"

"उसका कहना था कि ऐसा करने से उसके ऑफिस के लोग उसे शक या उपहास की निगाहों से देखेंगे या बातें बनायेंगे |"

“क्या तुम उसके बारे में मुझे कुछ और जानकारियां दे सकती हो ? मसलन जैसे उसके व्यवहार के बारे में ? वो तुमसे दिन या रात के किस हिस्से में मिलता था ?”

“मुझे वो बहुत शर्मीला इंसान लगा | वो मुझे अक्सर रात में ही मिलता था | वो डरता था कि दिन के उजाले में कोई उन्हें मिलते हुए ना देख ले | मैंने हालांकि उसको कभी ठीक से नहीं देखा लेकिन मैं कह सकती हूं कि वो अपनी बातों की तरह ही प्यारा होगा |”

“क्या मतलब ? तुमने उसे ठीक से नहीं देखा इसका क्या मतलब है ?”

“मैंने बताया ना कि हम रात को ही मिलते थे जब अक्सर अंधेरा होता था |”

“ओह !”

“वो बहुत धीरे बोलता था | लगभग फुसफुसा कर ही | उसने बताया था कि उसके गले में कुछ प्रॉब्लम थी जिसकी वजह से वो अधिक जोर देकर नहीं बोल पाता था | वैसे भी उसे जोर से चीख-चीख कर बोलना पसंद नहीं था | उसका काफी पैसा इस इलाज में लग गया था | मैंने भी कई बार उसकी आर्थिक रूप से मदद की | हालांकि वो बहुत मिन्नतें करने के बाद इसके लिये तैयार हुआ | वो वैल-ड्रेस्ड इंसान है | उसकी आंखें मेरी तरह ही वीक हैं | वो एक बड़ा काला चश्मा लगाता है |”

“फिर जब तुम्हारे पापा विंडीबैंक फ्रांस से वापस आये तब क्या हुआ ?”

“उनके लौटने से पहले ही वो मेरे घर आया और तब मैंने कहा कि क्यों ना मेरे फादर के आने से पहले हम शादी कर लें ?”

“ओह ! उसके बाद क्या हुआ ? क्या तुमने अपनी मां से इसकी इजाजत ली ?”

“मां को मैंने उसके बारे में बताया था | उन्हें इससे कोई ऐतराज नहीं था | वो भी चाहती थीं कि हम पापा के लौट आने से पहले ही शादी कर लें | उन्होंने मुझे आश्वस्त किया कि पापा को वे मना लेंगी | मैं पापा की मर्जी की कोई परवाह भले ही नहीं करती थी लेकिन फिर भी मैं उनसे नहीं डरती थी इसलिए मैंने उनके फ्रांस के ऑफिस के पते पर इस बात की सूचना भेज दी कि मैं शादी कर रही हूं |”

"उसके बाद ?"

"ऐन मेरी शादी वाले दिन ही वो पत्र वापस लौट आया |"

"मतलब वो उन्हें नहीं मिला ?"

"हां !"

"फिर क्या हुआ ?"

"ये इसी शुक्रवार की बात है | हमने सेंट जेवियर्स चर्च में शादी करने का फैसला किया | लेकिन वो चाहता था कि शादी में केवल हम तीन ही लोग शामिल हों | इसके लिये उसने दो गाड़ियों का इंतजाम किया | वो मां से चर्च में ही मिलना चाहता था | दोनों गाड़ियां एक-दूसरे के पीछे खड़ी थीं | पीछे वाली एक गाड़ी में वो खुद था और आगे वाली दूसरी गाड़ी में उसने मुझे और मां को चर्च आने को कहा |

हम चर्च पहुंचे |

हम दूसरी गाड़ी से उसके उतरने की प्रतीक्षा करते रहे लेकिन जब वो नहीं उतरा तो हमने देखा कि वो गाड़ी में ही नहीं था | हमने गाड़ी वाले से पूछा कि वो कहां गया ? पर गाड़ी वाले को भी इसका कुछ पता नहीं था कि वो कब उतर गया था ?"

"कहीं उसका तुमसे कोई झगड़ा या...?"

"नहीं ! नहीं ! बिलकुल भी नहीं | सुबह तक हम बहुत अच्छे मूड में एक-दूसरे से बातें कर रहे थे | वो खुश था | मुझे नहीं लगता कि मैंने कुछ ऐसा कहा हो जो उसे बुरा लगा हो ?"

"क्या ऐसा हो सकता है कि रास्ते में उसके साथ कुछ ऐसा घटा हो जिसके बाद वो गायब हो गया हो ?" मैंने शंका व्यक्त की |

"हो सकता है !" उसने कहा |

"मुझे भी इसी बात की शंका है कि वो किसी खतरे में पड़ गया है इसलिए मैं आपके पास आई हूं कि आप उसका पता लगायें | मैं बहुत परेशान हूं | ना जाने वो किस हालत में है ? कहां है ?"

"इसके बाद तुम्हारी मां की क्या प्रतिक्रिया थी ?"

"उन्हें बहुत बुरा लगा | उन्होंने मुझे कह दिया कि आज के बाद मैं उस इंसान का नाम भी अपनी जुबान पर ना लाऊं |"

"और तुम्हारे पापा ? उनके लौटने पर तुमने उन्हें भी तो इसके बारे में बताया होगा ?"

"मैं रो रही थी | उन्होंने सिर्फ इतना कहा कि वो ऐसे लोगों की मानसिकता को जानते हैं जो पहले किसी के पैसे पर ऐश करते हैं और शादी जैसी स्थिति आने के बाद फिर उसमें फंसना नहीं चाहते और ऐसा ही करते हैं जैसा होस्मर एंजल ने मेरे साथ किया | लेकिन मैं जानती हूं कि वो ऐसा नहीं है | पापा के चेहरे पर मैंने एक सुकून देखा जैसे वे इस शादी के न होने से खुश हों | उन्होंने मुझे आंसू पौंछने के लिये एक रुमाल दिया और चले गये |"

"क्या होस्मर एंजल ने तुम्हें पत्र लिख कर अपने बारे में नहीं बताया कि वो अचानक कहां और क्यों गायब हो गया था ?"

"नहीं | हालांकि मैं इस उम्मीद में पोस्ट ऑफिस गई जरूर थी |"

"देखो ! इस घटना का रहस्य मैं पता तो जरूर लगाऊंगा लेकिन मैं चाहता हूं कि तुम इस घटना के बारे में सोच-सोच कर खुद को अधिक परेशान मत करो | हालांकि यह तुम्हारे लिये मुश्किल होगा लेकिन मैं चाहूंगा कि तुम इसे भूलने की कोशिश करो | मैं चाहूंगा कि तुम होस्मर एंजल को भी भूलने की कोशिश करो |"

"क्या आप सोच रहे हैं कि मैं उससे अब कभी नहीं मिल पाऊंगी ?" उसने विस्फारित निगाहों से शरलॉक की तरफ देखा |

"मुझे शक है कि शायद नहीं |"

"लेकिन उसके साथ क्या हुआ होगा ? वो कहां चला गया ?"

"यह प्रश्न अभी तुम मेरे पास ही रहने दो | लेकिन क्या तुम मुझे उसके लिखे हुए पत्र दे सकती हो ?"

"हां ! वो पत्र मेरे पास ही हैं |" उसने चार पत्र शरलॉक के हाथ पर रख दिए फिर बोली – "इसके अलावा मैं यह भी बता देना चाहती हूं कि मैंने उसकी तलाश में एक विज्ञापन भी अखबारों में दिया था | यह रही उस विज्ञापन की मेरे हाथ से टाइप की गई वो डीटेल जिसे मैंने अखबार को दिया था |"

उसके बाद शरलॉक होम्स ने उसका पता पूछा | उसने बताया | शरलॉक ने उसके फादर के व्यवसाय स्थल के बारे में जानकारी ली | इसके

बाद शरलॉक ने फिर से अपनी बात पर जोर देते हुए कहा – "मैं एक बार फिर कहूंगा बल्कि यह मेरी आपको सलाह है कि इस पूरे प्रकरण को एक सील्ड किताब की तरह बंद कर दो | इसे अपनी जिंदगी पर ग्रहण के समान प्रभाव मत डालने देना | इससे कुछ हासिल नहीं होगा सिवाये झूठी उम्मीदों और तनाव के |"

"मैं ऐसा नहीं कर सकती मिस्टर शरलॉक होम्स | मेरा प्यार उसके लिये सच्चा है | मैं जानती हूं कि वो जहां भी होगा मेरे लिये परेशान होगा |"

इसके बाद फिर वो चली गई यह कहते हुए कि वे जब भी कहेंगे वो आ जायेगी | जाते हुए वो बेहद निराश थी | आगे बढ़ते उसके कदम भारी हो गये थे जैसे उठना ही ना चाहते हों | शरलॉक के शब्दों ने उसे वो विश्वास नहीं दिया था जिसकी उम्मीद में वो यहां आई थी |

"तुमने उससे ऐसा क्यों कहा कि वो अपने प्रेमी को भूल जाए ? बेचारी निराश हो गई थी ? मुझे लगता है तुम कुछ ऐसा जान गये हो जिससे मैं अभी तक अनजान हूं |"

"उसने जो कुछ मुझे बताया वही आपने भी सुना मिस्टर वाटसन | जितना आप जान गये हैं उसके बारे में उतना ही मैं भी जानता हूं | लेकिन आपने उन बातों को नहीं देखा जिन्हें मैंने देखा | अक्सर हम सामने वाले की कहानी में ही उलझ जाते हैं | उससे हट कर नहीं सोच पाते | जबकि जरूरत उसी की होती है | क्या आप मुझे उसकी दी हुई विज्ञापन वाली स्लिप को पढ़ कर सुनायेंगे ?"

मैंने उस स्लिप को उठाया और पढ़ने लगा – "गुमशुदा की तलाश ! एक आदमी, जिसका नाम होस्मर एंजल है, पांच फीट सात इंच कद, दिखने में मजबूत, साफ़ रंग, काला चश्मा लगाता है | काला फ्रॉक कोट ग्रे हैरिस ट्वीड ट्राउजर्स पहने है | खुद को लैडिनहॉल स्ट्रीट के किसी ऑफिस में कैशियर बताता है | यदि किसी को इस शख्स को पता हो या चले तो बताने की कृपा करे |"

"मिस्टर वाटसन ! क्या आप इस स्लिप में लिखे शब्दों और मिस्टर होस्मर एंजल द्वारा लिखे गये पत्रों के शब्दों के बीच की समानता या उस अंतर को बता सकते हैं जिसे फिलहाल मैं तो देख पा रहा हूं ?"

"मेरे विचार में दोनों में जो चीज समान है वो शायद ये है कि ये दोनों ही मजमून टाइप किये हुए हैं |"

"ध्यान से देखो | होस्मर ने अपने सभी पत्र टाइप किये हैं | यहां तक कि उसने अपने साईन के रूप में लिखा गया अपना नाम भी टाइप किया है |"

"हो सकता है कि सिग्नेचर करके वो इस बात का कोई सबूत ना छोडना चाहता हो कि उसने ऐसा कोई पत्र उसे लिखा है ?"

"नही ! ऐसी कोई बात नहीं है | खैर ! अब मैं इस बात की तह तक जाने के लिये एक पत्र लिखूंगा | मैरी सदरलैंड के सौतेले पिता विंडीबैंक को यह पूछने के लिये कि क्या वो हमसे कल शाम छह बजे मिल सकता है ? लेकिन अब जब तक उसका जवाब मुझ तक नहीं पहुँच जाता, मैं इस केस में आगे कुछ डिसाईड नहीं कर सकता |"

चूँकि इस मामले में अब कल से पहले कुछ नहीं हो सकता था इसलिए मैं अपने घर चला गया | अगले दिन शाम से पहले गायब हुए मैरी सदरलैंड के कथित प्रेमी या कहें कि दुल्हे को सामने लाने वाले सबूत वो इकट्ठा करने वाला था | अगले दिन जब मैं बेकर स्ट्रीट पहुंचा तो शरलॉक को मैंने उनींदा पाया | वहां हाइड्रोक्लोरिक एसिड की गंध फैली हुई थी | उसके सामने कुछ केमिकल व टेस्ट ट्यूब रखे थे | शायद वो किसी केमिकल टेस्टिंग में लगा रहा था | उसकी आंखें नींद से भरी हुई थीं |

"क्या तुमने गायब दुल्हे की पहेली को सॉल्व कर लिया ?" मैंने आते ही पूछा |

"हां ! जहां तक मेरी सर्च कहती है तो ये मुझे सीधे-सीधे चीटिंग यानी धोखेबाजी का केस लगता है |"

"कौन किसको धोखा दे रहा है ?"

इससे पहले कि शरलॉक कुछ कह पाता बाहर कदमों की आहटें हुईं | शरलॉक होम्स ने मुझसे कहा – "ये मिस्टर विंडीबैंक के कदमों की आवाजें हैं | उन्होंने मुझे पत्र के जवाब में लिखा था कि वे ठीक छह बजे मुझसे मिलने आयेंगे |"

जो इंसान मिस्टर विंडीबैंक के रूप में हमारे सामने आया वो मझले कद का तीस की उम्र का क्लीन शेव्ड व्यक्ति था | उसने अपना चमचमाता हुआ हैट एक तरफ टांग दिया |

"गुड ईवनिंग मिस्टर जेम्स विंडीबैंक !" शरलॉक ने कहा – "मेरे विचार में यह टाइप किया हुआ पत्र आपने ही मुझे इस एपोयेंटमेंट को फिक्स करने के लिये भेजा है ?"

"हां ! पर शायद मैं थोड़ा लेट हूं | थोड़ा परेशान भी हूं | माफ़ी चाहता हूं कि मैरी ने आपको इस मामले में खामखाह परेशान किया | वो जिद्दी लड़की है | जिस चीज के पीछे पड़ जाती है उसके बारे में जल्दी सोचना नहीं छोड़ती | मैं चाहता हूं कि आप इस मामले में पुलिस को इन्वॉल्व ना करें | मैं नहीं चाहता कि हमारी जग हंसाई हो | मैं तो ये भी नहीं समझ पा रहा हूं कि जो इंसान धोखा देकर भाग गया उस धोखेबाज इंसान को आप भी कैसे ढूंढ पायेंगे | मेरा मतलब मेरा इशारा उस होस्मर एंजल से है जिसके लिये मेरी नादान बेटी पागल है ?"

"आप की जानकारी के लिये मैं आपको बता दूं मिस्टर विंडीबैंक कि मेरे पास वो हर कारण है कि मैं उसे खोज निकालूं | मैंने उसे खोज लिया है |"

विंडीबैंक ने बेचैनी से पहलु बदला | फिर बोला – "मैं सुनने के लिये बेचैन हूं कि वो कहां है ?"

"आपको यह जानने के लिये बेचैन होना चाहिये कि वो कौन है ?"

"क्या मतलब ? क्या वो होस्मर एंजल नहीं है ?"

"अभी सब पता लग जाएगा |" शरलॉक ने कहा – "वैसे क्या आप मानते हैं कि किन्हीं दो इंसानों की हेंड-राईटिंग एक जैसी हो सकती है ?"

"साईंटिफिकली बिलकुल नहीं हो सकती |"

"मैं भी ऐसा ही मानता हूं | इसके अपोजिट टाइप राईटर के मामले में ऐसा होता है यानी वो एक जैसा लिख सकते हैं |"

"क्या मतलब ?"

"मतलब ये मिस्टर जेम्स विंडीबैंक कि दो टाइप राईटर एक जैसा लिख सकते हैं लेकिन एक ही टाइप राईटर दो तरीके से नहीं लिख सकता |"

"मैं अब भी कुछ नहीं समझा |"

"इसमें ना समझ में आने वाली कोई बात नहीं | सीधी सी बात है कि एक टाइप राईटर एक ही तरीके से लिख सकता है | चाहे मैं उससे लन्दन में लिखूं या आस्ट्रेलिया से या फिर फ्रांस से ?"

"ह...हां !"

"अब मैं आपके लिखे हुए पत्र पर आता हूं | आपने इसे लिखने में जिस टाइप राईटर का इस्तेमाल किया है उसका एक लैटर 'इ' थोड़ा टेढ़ा है | इसके एक और शब्द 'आर' की आखिरी हिस्से की डंडी बहुत थोड़ी सी टूटी हुई है जिससे यह शब्द पूरा टाइप नहीं होता | इसी तरह से लगभग बीस और लैटर हैं जिनसे आपके टाइप राईटर से लिखे शब्दों को आसानी से पहचाना जा सकता है |"

"हां ! हम अपने सभी लैटर इसी टाइप राईटर से लिखते हैं और वो आसानी से पढ़े जाते हैं | ये कोई ऐसी बड़ी चीज नहीं है कि जिस पर हमारा ध्यान जाए |"

"लेकिन अब मैं आपको एक ऐसी चीज दिखा रहा हूं कि आपका ध्यान यकीनन इस चीज की तरफ जरूर जाएगा |" मैंने महसूस किया कि विंडीबैंक का गला सूखने लगा था |

शरलॉक ने आगे कहा – "अब आप इन पत्रों में मिस्टर होस्मर द्वारा टाइप किये हुए इन शब्दों को ध्यान से देखें मिस्टर विंडीबैंक | इसमें भी लैटर 'इ' थोड़ा टेढ़ा है | इनके शब्द 'आर' की आखिरी हिस्से की डंडी बहुत थोड़ी सी टूटी हुई है जिससे यह भी शब्द पूरा टाइप नहीं कर रहा | इसी तरह से लगभग बीस और लैटर हैं जिनसे टाइप राईटर से लिखे शब्दों को आसानी से पहचाना जा सकता है कि उन्हें लिखने वाला टाइप राईटर वही है जिससे आपका भेजा हुआ पत्र टाइप किया गया है |"

उसके शरीर पर पसीना प्रकट हुआ चेहरे पर बदहवासी | वो अपनी सीट से उठ कर खड़ा हो गया – "ओ. के. मिस्टर शरलॉक होम्स ! अगर आपने मुझे यही बकवास करने या सुनने के लिये यहां बुलाया है तो मैं चलता हूं | जब आपको होस्मर एंजल मिल जाए तो मुझे बता दीजियेगा |"

"मैंने आपको यही बताने के लिये बुलाया है कि मैंने उसे पकड़ लिया है |"

"तो कौन है वो ? कहां है ?" वो पिंजरे में बंद चूहे के समान छटपटा रहा था |

"वो तुम हो मिस्टर विंडीबैंक |"

"क्या बकवास है ?"

"वो तुम हो !" शरलॉक ने अपने शब्दों को दोहराया |

"एक इंसान जब अपने से पन्द्रह साल बड़ी एक अमीर औरत से शादी करता है तो वो सही मायने में शादी नहीं करता बल्कि सौदा करता है | आपने भी यह सौदा किया मिस्टर जेम्स | लेकिन आपकी भूख यहीं खत्म नहीं हुई | आपने मिस मैरी को भी अपने जाल में फंसाना चाहा | आपने सोचा होगा कि घर में पति बन कर पत्नी के पैसे पर मौज कर सकते हैं और बाहर प्रेमी बन कर प्रेमिका के पैसे को दोनों हाथों से लूट सकते हैं |

इसीलिए आप प्रेमिका से रात को मिलते थे ताकि वो आपको पहचान ना पाये | आप उससे घरघराते गले से बातें करते थे ताकि वो आपकी आवाज न पहचान जाये | आप उसे टाइप किये हुए पत्र लिखते थे ताकि वो आपकी राईटिंग पहचान ना जाये | इस बीच समस्या बन कर आ गई शादी जोकि आप कर नहीं सकते थे इसलिए आपने गायब होने में ही भलाई समझी |

तुमने मनी के लिये हनी ट्रेप लगाया था मिस्टर ताकि चलती रहे जिंदगी | तुम भी चलो हम भी चलें चलती रहे जिंदगी | लेकिन धोखे के जाल कमजोर होते हैं | अक्सर टूट जाते हैं |"

"मैं शर्मिंदा हूं | मैं माफ़ी चाहता हूं | " वो समझ गया था कि अब छुपने से कुछ नहीं होगा |

"शेरनी से उसका बच्चा और एक लड़की से उसके सपने छीनना बेहद खतरनाक होता है मिस्टर | तुमने ऐसा करके एक गुनाह किया है और वह भी अपनी ही बेटी के साथ |"

"प्लीज ! आप उसको कुछ नहीं बतायेंगे वरना मैं मरने के लायक भी नहीं रहूंगा |"

"मैं सचमुच उसे कुछ नहीं बता सकता | ना ही वो इस सब पर यकीन करती | यह मेरी विवशता भी है जरूरत भी | वो मुझे नाकाम समझेगी, मुझे परवाह नहीं लेकिन सच तो ये है कि मैं बाप-बेटी के उस रिश्ते को बदनाम नहीं होने देना चाहता जो विश्वास के धरातल पर खड़ा है |

तुमने जो किया है अपना जमीर खो कर किया है | यदि अब भी कुछ शर्म बाकी हो तो भविष्य में होस्मर एंजल को जिन्दा करने की कोशिश ना करना | मैरी वक्त के साथ-साथ उसे भूल जायेगी | हां ! मैं उसे, तुम मुझे और मैं तुम्हें जरूर याद रहेंगे |"

वो शर्मिंदा होकर चला गया |

"तुमने कमाल कर दिया | सारी कहानी तुमने भी सुनी मैंने भी | पर मैं तो सोच भी नहीं सकता था कि विंडीबैंक ही होस्मर एंजल होगा | तुम्हें विंडीबैंक पर शक कैसे हुआ ?"

"मिस्टर होस्मर और विंडीबैंक में एक सबसे बड़ी समानता थी |"

"कैसी समानता ?"

"जब मैरी सदरलैंड ने मुझे बताया कि वो आर्थिक रूप से भी मिस्टर होस्मर की हेल्प करती रही है तो मुझे लगा कि कहीं ये उस भोली सूरत के पीछे का छल तो नहीं जो मैरी हमें मिस्टर होस्मर की दिखा रही थी | उसने कहा था कि वो आर्थिक मदद स्वीकार करते समय शर्मिंदा होता था लेकिन उसने यह नहीं कहा कि वो उसकी आर्थिक मदद को ठुकरा देता था | यदि वो मुझसे यह बात कहती तो मैं कभी भी उस पर संदेह नहीं करता |"

"तुम समानता के बारे में बता रहे थे ?"

"हां ! इससे यह बात सिद्ध हो गई कि मिस्टर होस्मर की मंशा उससे पैसा ऐंठने की हो सकती है | मैरी प्यार में थी इसलिए वो ये सब बातें नहीं सोच सकती थी लेकिन मुझे सोचनी थीं | इससे सिद्ध हो गया कि होस्मर स्वभाव से लालची है | ठीक मैरी के पिता मिस्टर विंडीबैंक की तरह क्योंकि उसने भी पैसे के लिये अपने से पन्द्रह साल बड़ी औरत से शादी की थी ताकि उसका जीवन आराम से कट सके |"

"ओह !"

"अब जरा इसके बाद की कहानी पर गौर कीजिये | दो लोग कभी भी एक ही समय पर मैरी से नहीं मिलते थे |"

"मतलब उसके पिता मिस्टर विंडीबैंक और उसका प्रेमी होस्मर ?"

"यस माई डीयर वाटसन ! विंडी उससे दिन में मिलता था तो होस्मर उससे रात में मिलता था | वो ठीक से उसकी शक्ल भी नहीं देख पाती थी | आवाज पहचाने जाने के डर से वो उससे साफ़ आवाज में बात नहीं करता था | रात में भी वो काले बड़े शीशे की ऐनक लगाता था | मेरा शक और भी तब पक्का हुआ जब मैंने उसके सिग्नेचर तक टाइप हुए देखे | कोई भी इंसान जो प्रेम पत्र टाइप कर रहा है तो भला वो अपने सिग्नेचर टाइप क्यों करेगा ?"

"कभी नहीं करेगा |"

"क्योंकि उसे अपने सिग्नेचर तक से अपनी हैंडराईटिंग पहचाने जाने का डर था | मुझे लगा ये एक ही इंसान है जो दो लोगों को मूर्ख बनाने की कोशिशें कर रहा है लेकिन अपनी बात को साबित करने के लिये मैं पुख्ता सबूत चाहता था इसलिए मैंने मिस्टर विंडीबैंक को पत्र लिख कर यहां आने को कहा | मैंने उन्हें पत्र का जवाब देने को कहा | उसका टाइप किया हुआ जवाब मुझे उसी पोस्ट ऑफिस की मुहर के साथ मिला जहां से होस्मर अपने पत्र मैरी को भेजा करता था |

मैंने मिस्टर होस्मर के सभी पत्रों का मिलान मिस्टर विंडी के भेजे पत्र से किया | सभी पत्र एक ही टाइपराईटर से टाइप किये हुए थे जैसा कि मैंने साबित भी किया | फिर ठीक शादी के समय वो गायब हो गया क्योंकि मैरी की मां के सामने आते ही उसकी पोल खुल जाती |

सारा खेल खत्म हो जाता | विंडीबैंक अपनी पत्नी के पैसे से भी जाता और प्रेमिका के पैसे से भी | ऐशो-आराम सब कुछ खत्म हो जाता | अपने से पन्द्रह साल बड़ी औरत से शादी करके अमीर बनने के उसके मंसूबे मिटटी मिल जाते | इससे मैं समझ गया कि विंडीबैंक ही मिस्टर होस्मर है |"

"पैसे के लिये एक इंसान क्या कुछ नहीं कर गुजरता | ऐसे इंसान को जेल की चक्की पिसवाना चाहिये |"

"वो मुमकिन नहीं |"

"क्यों मुमकिन नहीं ? हमारे पास उसके धोखेबाजी के सारे सबूत हैं |"

"हां ! पर इसके लिये मैरी को केस दर्ज करवाना होगा और फिर वो होगा जो मैं नहीं चाहता कि हो | मिस्टर विंडीबैंक को सबक मिल चुका है | हमें हमारे प्रश्नों के जवाब मिल चुके हैं | हमारा केस भी खत्म हो चुका है | अब इस चेप्टर को क्लोज हो जाना चाहिये |"

"हम्म ! तुम ठीक कहते हो !"

❒

दूध जहर !!

(The Adventure of the Speckled Band)

जिंदगी देने वाला दूध अगर जहर बन जाये तो ?

मैंने (डॉक्टर वाटसन) शरलॉक होम्स को कई केसों पर काम करते हुए देखा है | मैं उनमें से लगभग हर एक केस में शरलॉक के साथ रहा हूं | मैंने उसके काम करने के तरीकों को ध्यान से देखा है | देखा क्या है उनकी पूरी स्टडी की है | उसने आज तक जो केस हाथ में लिये, सॉल्व किये, उनमें कुछ बेहद ट्रेजिक, कुछ बहुत पेंचदार, कुछ मजेदार भी, कुछ बेहद रहस्यमय थे |

उसने हमेशा ऐसे ही केस हाथ में लिये जिनमें वाकई पेचीदगियां थीं | जिन्हें हल करना सचमुच आसान ना था | जिनके कारण शायद कुछ निर्दोष लोग किसी अपराध का शिकार हो सकते थे | मारे जा सकते थे या किसी बड़ी मुसीबत में फंस सकते थे |

अपनी जान पर खेल कर भी शरलॉक होम्स उन केसों की तह तक पहुंचा | वो ये काम पैसों के लिये नहीं करता था | पैसा जरूरत है ये बात अलग थी | वो भी इसी काम से आता था | लेकिन अगर शरलॉक ने कोई केस हाथ में लिया तो पैसे की वजह से नहीं |

कई बार कुछ लोग पैसे की तंगी के बावजूद भी उसके पास आ जाते हैं, इसका मतलब ये नहीं कि वो उन्हें इंसानियत को एक किनारे करके छोड़ दे | वो उन्हें भी निराश नहीं जाने देता |

मुझे याद आ रहा है एक केस के बारे में |

रौलेट्स फैमिली केस |

स्टॉक मोरन में रहने वाली रौलेट्स फैमिली का केस |

यह तब की बात है जब मैं और शरलॉक होम्स कुंआरे थे और बेकर स्ट्रीट में एक ही कमरे को शेयर करते थे | हालांकि किसी भी केस की गोपनीयता को बनाए रखना हमारे काम का पहला उसूल होता है लेकिन

फिर भी कई साल पहले हुए इस केस की डायरी को आज मैं खोल रहा हूं क्योंकि अब वो औरत इस दुनिया में नहीं है जो यह केस हमारे पास लेकर आई थी | कई सालों बाद उसकी मौत हो चुकी है | सचमुच डॉक्टर ग्रिम्सबाय रौलेट्स के घर बिताये गये वे रोमांचक दिन मुझे कभी नहीं भूल सकते |

1883 साल का वो अप्रैल का महीना था |

वैसे तो मैंने हमेशा सुबह उसे देर से ही उठते देखा था लेकिन उस दिन जब मैं सो कर उठा तो उसे बिलकुल तैयार पाया | वो मेरे बेड के बिलकुल किनारे खड़ा था | उसने मुस्कराते हुए मुझे घड़ी दिखाई | घड़ी सात बज कर पन्द्रह मिनट का समय दिखा रही थी |

आज वो मुझसे पहले उठ कर ऐसे मुस्करा रहा था जैसे आज उसने मुझे मात दे दी हो | मैं भी हैरान था | कमाल है इसे क्या हुआ ? क्या सचमुच घड़ी उतने ही बजा रही है या फिर शरलॉक ने घड़ी में कुछ गड़बड़ कर दी थी ? पर मैं जानता था कि वो ऐसा नहीं कर सकता था | वो सचमुच जल्दी उठ गया था | ना सिर्फ उठ गया था बल्कि मुझे भी उसने उठा दिया था |

“माफ़ी चाहता हूं आपको इस प्रकार जल्दी उठाने के लिये |”

“लेकिन हुआ क्या ?”

“यह तो मैं अभी नहीं बता सकता क्योंकि बताने वाली बाहर बैठी है |”

“ओह ! शायद सुबह-सुबह कोई क्लाईन्ट आ गई है जो किसी समस्या में फंसी है ?”

“निसंदेह !”

“और हम उससे बिस्तर पर पड़े-पड़े नहीं मिल सकते थे | नींद में होने का बहाना बना कर मैं ना ही उसे वापस भेज सकता था !”

“हां ! वो तो मैं जानता हूं |”

“वो जो है वो यंग लेडी बहुत परेशान लग रही थी | काफी घबराई हुई भी थी | मिसेज हडसन ने उसके लिये दरवाजा खोला | यंग लेडी जानती थी कि इतनी सुबह आकर वो हमारी नींद डिस्टर्ब कर रही है लेकिन उसकी परेशानी ने उसे इसके लिये मजबूर किया | उसने इसके लिये मिसेज हडसन से माफ़ी मांगी और मुझसे मिलने के लिये कहा | तब मिसेज हडसन ने आकर मुझे जगाया | सारी बातें बताईं | तब मैंने मिसेज हडसन को उसे

सिटिंग रूम में बैठाने और कुछ देर इन्तजार करने को कहा और अब मैं उससे मिलने के लिये तैयार हूं।"

"मुझे भी उसी वक्त क्यों नहीं जगा दिया ?"

"हम दोनों एक साथ एक ही बाथरूम में जाकर तैयार कैसे हो सकते थे ?"

"ओ.के. ! मैं बस कुछ ही देर में तैयार हुआ जाता हूं।"

शरलॉक होम्स मेरा इन्तजार कर रहा था और मैं भाग कर बाथरूम में घुस गया। मैं जानता था कि मुझे तुरंत तैयार होना है। मैं आधा मिनट भी व्यर्थ नहीं करना चाहता था। मैंने अपने कपड़े उतार कर एक तरफ फेंके। फटाफट हाथ-मुंह धोया। कुल्ला किया। कपड़े पहने। मैंने ये सब काम आज इस तेजी के साथ किये थे कि तेजी देख लेती तो वो भी शरमा जाती।

मैं बाथरूम से बाहर निकला तो शरलॉक को अपना इन्तजार करते पाया | फिर कुछ ही मिनटों बाद हम दोनों दोस्त सिटिंग रूम में हमारा इन्तजार कर रही उस लेडी की तरफ बढ़ रहे थे | वो एक खूबसूरत लेडी थी | काले कपड़ों में उसका गोरा रंग और अधिक खिल रहा था | वो बेहद आकर्षक लग रही थी | इस समय उसके चेहरे पर चिंता थी | वो बेचैन थी | व्यग्र सी |

"गुड मॉर्निंग मैडम !" शरलॉक होम्स ने मुस्कराते हुए कहा – "मेरा नाम शरलॉक होम्स है और ये मेरे मित्र और मेरे सहयोगी डॉक्टर वाटसन !" शरलॉक ने अपना और मेरा परिचय उसे दिया | उसने धीमे से सर झुका कर अभिवादन का उत्तर दिया |

बाहर अत्याधिक ठंड थी | वो ठंड से कांप रही थी | शरलॉक होम्स ने देखा कि मिसेज हडसन ने फायर प्लेस में आग जला दी थी | इसके बावजूद भी उसकी कंपकपी रुकी ना थी |

"मैं समझता हूं कि बातचीत शुरू करने से पहले क्यों ना हम एक-एक कॉफी भी सिप करें |" कॉफी की जरूरत उस लेडी के साथ-साथ मुझे भी थी और शरलॉक को भी | शरलॉक इस बात को समझ गया था |

"शायद आप मुझे कांपते देख कर ऐसा कह रहे हैं ?"

"हां ! बाहर ठंड भी ज्यादा है !"

"लेकिन ये कंपकपी ठंड के कारण नहीं है !"

"तो फिर किस लिये है ?"

"शायद मैं ज्यादा डर गई हूं | मैं दहशत में हूं |" सचमुच उसकी आंखों में डर था | वो ऐसे फैलीं हुईं थी मानों कोई शिकार उसकी ताक में बैठा हो | उसका चेहरा सफेद पड़ा हुआ था | मानो काटो तो खून ही ना हो |

"आपके पास डरने का कारण भले ही हो लेकिन मैं समझता हूं कि आप को डरने की जरूरत नहीं है | डर चीजों को दिमाग से निकाल देता है | डर आत्मविश्वास को कमजोर करता है | डर चीजों पर फोकस नहीं करने देता | मैं चाहता हूं आप खुले दिल से यहां बैठें | बिना डरे | आपकी जो भी समस्या है हम उसे सुनेंगे और जो हमसे हो सकेगा वो करेंगे भी |"

"इस कांफिडेंस के लिये थैंक्स !"

"वैसे आप यहां ट्रेन से आई हैं ?"

"आपने कैसे जाना ?"

"आपके बाएं ग्लब्ज में ट्रेन का टिकट ठुंसा हुआ है |"

"ओह !"

"आज सुबह जब आप घर से निकलीं तो बहुत जल्दी में थीं | इतनी जल्दी में कि आपने स्टेशन पहुंचने के लिये भी सवारी मिलने का इन्तजार नहीं किया और एक डॉग-स्कवैड यानी कुत्ता पकड़ने की गाड़ी में ही लिफ्ट लेकर स्टेशन जा पहुंची |"

"यह...यह आपने कैसे जाना ?" उसकी आंखें फ़ैल गईं |

"कोई बहुत मुश्किल नहीं है | किसी को ध्यान से ऑब्जर्व करो तो ऐसी बातें कोई भी पता लगा सकता है | अपनी जैकेट के बाएं बाजू को देखो | वो कई रंग की मिटटी से सनी हुई है | कुत्ते अक्सर अपने पिछले पांवों से मिटटी उछालते हैं | कुत्ता गाड़ी कई जगहों पर घूम-घूम कर कुत्तों को पकड़ती है | इसलिए उसकी खिड़कियों पर वो मिटटी जमा हो जाती है | आप जब उस गाड़ी में बैठी होंगी तो आपकी बाजू पर कई जगहों की वो मिटटी भी लग गई |"

"आप बिलकुल ठीक कह रहे हैं |" वो हैरान थी – "मैं सुबह छह बजे जल्दी में घर से निकली थी | कोई व्हीकल नहीं मिला तो मैंने वहां से गुजरती कुत्ता गाड़ी के ड्राईवर से रिक्वेस्ट की और उसने मुझे बीस मिनट में लेदरहेड स्टेशन पहुंचा दिया | वहां से मैं पहली ट्रेन पकड़ कर वाटरलू पहुंची | मैं जल्दी से जल्दी आप तक पहुंचना चाहती थी | आप मेरी स्थिति को समझ नहीं सकते | मुझे अपने चारों तरफ अंधेरे साये तैरते दिखाई पड़ रहे हैं | मैं उन सायों में खो रही हूं |

प्लीज मिस्टर शरलॉक होम्स | मैं आपके बारे में सुन कर यहां तक पहुंची हूं और जितना मैंने आपके बारे में सुना है यहां आने के बाद उससे कहीं बढ़ कर पाया है | मैं जानती हूं कि इस वक्त मेरी स्थिति आपको आपकी फीस तक चुकता करने की नहीं है लेकिन मैं भविष्य में आपकी पूरी फीस चुका दूंगी यह मैं आपसे वादा करती हूं और आपको इस पर विश्वास करना ही होगा |"

"यदि मैं किसी के लिये कुछ कर सकता हूं तो शायद इससे बढ़ कर मेरे लिये गर्व करने की कोई बात नहीं हो सकती | मैं यह काम केवल पैसे के लिये नहीं करता हूं | यह मेरा शौक और मेरी हॉबी भी है | इसके अलावा

मुझे दिल से सुकून मिलता है कि मैंने सच को सामने लाने के लिये अपनी कोशिशें कीं | आप पैसों की बात दिमाग में लाये बिना मुझे अपनी समस्या बतायें | मैं और डॉक्टर वाटसन उसे सुनने के लिये बेचैन हैं |"

"मेरा नाम हेलेन स्टोनर है !" उसने कहना शुरू किया |

"कहती रहो !"

"मैं अपने स्टेप फादर के साथ रहती हूं | इंग्लैण्ड के नामी-गिरामी सैक्सन परिवार के आखिरी वारिस के रूप में अब केवल वही हैं | आपने भी सुना होगा स्टॉक मोरन के डॉक्टर रौलेट्स के बारे में ?"

"हां ! मैं जानता हूं | यह नाम जाना-पहचाना है मेरे लिये |"

"कभी इंग्लैण्ड की सबसे अमीर व सम्मानित हस्तियों में इस परिवार को भी गिना जाता था | जमीन-जायदाद के मामले में कभी इस परिवार की सम्पति उत्तर में बर्कशायर की सीमा तक और पश्चिम में हैम्पशायर की सीमा तक फैली हुई थी | कहते हैं कि पैसा आता है तो बुरी आदतें भी आ जाती हैं | जुआ सब कुछ बरबाद कर देता है |

पिछले शतक में इस परिवार को भी ये बर्बादी देखनी पड़ी | सब कुछ तहस-नहस हो गया | जमीन-जायदाद बिक गईं | जमीन-जायदाद के नाम पर अब केवल कुछ सौ एकड़ जमीन और दो सौ साल पुराना एक महल... खंडहर महल बचा है | उस पर भी भारी कर्ज लोन के रूप में लिया जा चुका है | वो कब तक बचा रहेगा ये कोई नहीं जानता | मेरे सौतेले पिता ने जब यह हालत देखी तो उन्होंने इंडिया जा कर कोई व्यापार शुरू करने की सोची |

वे अपने आप को फिर से खड़ा करना चाहते थे | वे अपनी मेडिकल की डिग्री के साथ कलकता चले गये | लेकिन दुर्भाग्य ने उनका पीछा वहां भी नहीं छोड़ा | वहां उनके घर में एक बड़ी डकैती हुई | उनके हाथों इस डकैती में शामिल अपने बटलर का खून हो गया | उन्हें जेल हो गई | सजा काटने के बाद वे इंडिया से वापस इंग्लैण्ड आ गये | अपने हालातों से वे काफी हताश और निराश थे |

लेकिन इंडिया से वे अकेले ही वापस नहीं आये थे | जब वे इंडिया में थे तो वहां उन्होंने मेरी मां मिसेज स्टोनर के साथ शादी की | मेरी मां की यह दूसरी शादी थी | मैं और मेरी जुड़वां बहन जूलिया इस शादी के समय केवल दो साल की थीं | मेरी दादी ने मां के लिये बहुत पैसा छोड़ा था

जिसके ब्याज से ही उन्हें सालाना लगभग एक हजार पाउंड्स की इनकम होती थी।

अब इस सारी इनकम के मालिक भी मिस्टर रौलेट्स बन चुके थे जो अब हमारे साथ ही रहने आ गये थे। इसके अलावा मां ने हम दोनों की शादी के लिये एक फिक्स डिपॉजिट बैंक में रखवा दिया था जो हमें शादी के समय ही मिलना था। इंग्लैण्ड आने के लगभग आठ साल बाद मां एक रेल दुर्घटना में मारी गई।

डॉक्टर रौलेट्स हमें साथ लेकर स्टॉक मोरन के हमारे उसी पुश्तैनी खंडहर हो चुके महल में आकर रहने लगे। उन्होंने अपनी मेडिकल प्रेक्टिस बंद कर दी। जो पैसा मां हमारे लिये छोड़ गईं थीं वो हम सबके लिये शायद बहुत। मुझे नहीं लगता था कि पैसे के कारण हमारा कोई काम रुकने वाला था। डॉक्टर रौलेट्स के व्यवहार में अचानक बहुत बड़ा परिवर्तन हुआ।

वो बात-बात पर खीजने लगे। उन्हें बहुत जल्दी गुस्सा आ जाता। वे पड़ोसियों से झगड़ने लगे। यहां तक कि हमें भी डांट देते थे। इस कारण वहां कोई नौकर भी नहीं रुकता था। हम दोनों बहनें उनका गुस्सा देख कर सहम जाती थीं। उन्हें जंगली जानवर पालने का शौक था। इस बात का पता हमें तब लगा जब उन्होंने एक जंगली चीता और एक बबून बंदर महल में लाकर छोड़ दिया।

चीता और बबून महल के अहाते में खुले घूमते तो हममें से किसी की हिम्मत ना होती थी कि बाहर निकल जाये। ना जाने कब वो हम पर हमला कर दें। जूलिया की तो उनकी आवाज़ें सुन कर ही सांस रुक जाती थी। आप अंदाजा भी नहीं लगा सकते कि हम दोनों बहनें कितने जबर्दस्त तनाव में जी रही थीं।"

"बहुत सनसनीखेज किस्सा है ! इसके बाद क्या हुआ ?"

"इस डर के कारण कोई नौकर भी घर में नहीं टिकता। और जूलिया।" उसने गहरी सांस ली – "वो उस वक्त तीस की ही थी जब उसकी मौत हुई।"

"क्या ? जूलिया मर चुकी है ?"

"हां ! दो साल हुए उसकी मौत को ! तनाव के कारण उस उम्र में भी उसके बाल सफेद होने लगे थे।"

"उसकी मौत कैसे हुई ?"

"हमारी मौसी मिसेज होनोरिया 'हैरो' के पास रहती थी | अक्सर हम लोग वहां उनके पास चली जाया करती थीं | दो साल पहले जूलिया क्रिसमस पर वहां उनके पास गई थी | वहां उसकी मुलाकात एक मेजर से हुई | दोनों ने एक दूसरे को पसंद किया और शादी करने का फैसला किया | मेरे स्टेप फादर को भी इस शादी से कोई इनकार या ऐतराज ना था लेकिन शादी की बात व तारीख तय होते ही वो घटना हुई जिसमें जूलिया की जान चली गई |

उफ़! मैं वो भयानक रात नहीं भूल सकती |"

"मैं जानता हूं कि उन बातों को दोहराना आपके लिये कितना मुश्किल होगा लेकिन फिर भी में उस रात के बारे में सुनना चाहूंगा |"

"वो सारी घटना मेरे जेहन में आज भी वैसे ही है जैसे अभी घटी हो | हमारा घर जैसा कि मैंने बताया कि बहुत बड़ा तो है लेकिन बहुत पुराना भी है | सभी बेडरूम्स ग्राउंड फ्लोर पर ही स्थित हैं | इनमें से सबसे पहला कमरा मिस्टर रौलेट्स का है | उसके बाद मेरी बहन जूलिया का फिर मेरा | ये सभी कमरे एक ही कॉरीडोर में खुलते हैं | इनके बीच में कोई खिड़की या दरवाजा नहीं है जिससे कि कमरे में मौजूद कोई व्यक्ति किसी से आपस में बात कर सके |

हां !

सभी रूम्स के दूसरी तरफ जो लॉन है उधर जरूर हर कमरे की एक खिड़की खुलती है | उस खौफनाक रात को मैंने देखा कि डॉक्टर रौलेट्स जल्दी ही अपने कमरे में सोने चले गये थे हालांकि वे कभी थकते या जल्दी नहीं सोते थे | जूलिया अपने कमरे में थी |

उसे सिगार के धुंए की गंध परेशान कर रही थी इसलिए वो अपने कमरे से निकल कर मेरे पास आ गई थी | वहां वो कुछ देर मेरे पास रही | हम दोनों उसकी शादी की तैयारियों पर बातचीत करते रहे | रात करीब ग्यारह बजे वो वापस अपने कमरे में जाने के लिये उठी लेकिन फिर तुरंत ही वापस लौटी शायद कुछ भूल गई थी |

उसने वापस मेरे पास आकर कहा – "हेलेन ! क्या तुम्हें भी आधी रात को किसी सीटी की आवाजें आती हैं ?"

"नहीं तो !"

"क्या पता आती हों पर तुम गहरी नींद में होने के कारण सुन ना पाती हो ?"

"ऐसा नहीं हो सकता | मैं ऐसे भी घोड़े बेच कर नहीं सोती | लेकिन तुम ऐसा क्यों पूछ रही हो ?"

"क्योंकि पिछली कुछ रातों से लगभग तीन बजे के आसपास मैं ऐसी आवाजों को सुन रही हूं | ये बहुत धीमी आवाजें होती हैं लेकिन आती जरूर हैं | मैं गहरी नींद नहीं सोती इसलिए ऐसी आवाजों को सुन कर मेरी नींद फौरन खुल जाती है | मैंने कई बार बहुत ध्यान से सुनने की कोशिश की आखिर आवाजें आ कहां से रही हैं लेकिन मुझे पता नहीं चल सका | शायद वो मुझसे अगले रूम की तरफ से लॉन की तरफ से आती हैं |"

"मतलब पापा के रूम की तरफ से ?"

"कह नहीं सकती |"

"मगर ताज्जुब तो ये है कि अगर आवाजें लॉन की तरफ से आती हैं तो फिर मुझे भी आनी चाहिये क्योंकि मेरे कमरे की खिड़की भी लॉन में खुलती है |"

"हां ! इसीलिए तो पूछ रही हूं |"

"पर मैंने ऐसी कोई आवाजें कभी नहीं सुनी | हो सकता है वो आवाजें सीटी की ना होकर किसी झींगुर इत्यादि की हों | रात में ऐसे बहुत सारे कीट-पतंगें सक्रिय हो जाते हैं |"

"पता नहीं ! खैर ! हो भी सकता है | चलती हूं |"

"वो अपने कमरे में चली गई | कुछ देर बाद मैंने उसके कमरे का दरवाजा लॉक होने की आवाज भी सुनी | मैंने भी अपने कमरे को लॉक किया और अपने बेड पर सोने चली गई |"

"क्या तुम दोनों अपने कमरे रोजाना लॉक करके सोती थीं ?"

"हां ! मैंने बताया तो कि हमारे घर में एक चीता और एक बबून जैसे जानवर मौजूद थे | हमें हमेशा डर लगा रहता था कि कहीं वे दरवाजा खोल कर भीतर ना आ जायें | ना भी आयें पर अपनी चैन की नींद के लिये हम दोनों बहनें दरवाजे को लॉक करके ही सोती थीं |"

"कहते हैं कुछ बुरा होने से पहले उसके अहसास भी कभी-कभी बुरे ही महसूस होते हैं | उस रात जाने क्यों मुझे नींद नहीं आ रही थी | वैसे भी

हम दोनों जुड़वां बहनें थीं | उसके एहसास कभी-कभी मुझे होते थे और मेरे कभी-कभी उसे | मेरा मतलब कभी वो परेशान होती तो मुझे भी अजीब सी परेशानी महसूस होती थी | कभी मैं परेशान होती तो वो अक्सर आकर मुझसे ये प्रश्न करती कि क्या मैं ठीक हूं ?

उस दिन बाहर हवा भी कुछ तेज थी | कुछ तूफानी | वर्षा की प्रचंड बूंदें हवा के आवेग के साथ खिड़की से टकरा कर अजीब सी डरावनी आवाजें पैदा कर रही थीं | इन सब चीजों के बीच अचानक मैंने किसी के चीखने की तेज आवाज सुनी | मैं उसे पहचान सकती थी | वो जूलिया की आवाज थी जिसे सुन कर मेरे रौंगटे खड़े हो गये | मैं बिस्तर से जैसे उछल पड़ी | मैंने एक शाल ओढ़ा और तेजी से उसके कमरे की तरफ भाग पड़ी |

मैं जैसे ही कमरे से बाहर निकली मैंने एक हल्की सीटी की आवाज सुनी | शायद ये वही आवाज थी जिसके बारे में जूलिया ने भी मुझे बताया था | इसके कुछ देर बाद ही मैंने एक और आवाज भी सुनी | आवाज हल्की ही थी लेकिन ऐसी थी जैसे मेटल के डोर को बंद किया गया हो |

मैं कारीडोर में भागती हुई जूलिया के कमरे की तरफ बढ़ी | मैंने पाया कि दरवाजा लॉक नहीं था और अपने कब्जों पर धीमी गति से वापस खुल रहा था | मैं नहीं जानती थी कि अंदर क्या हुआ है ? जूलिया के लिये मैं बहुत चिंतित थी | मैंने दरवाजे को भीतर की तरफ धकेला | कारीडोर की हल्की रौशनी कमरे में जा रही थी | उसमें मुझे जूलिया दिखाई दी |

वो बहुत डरी हुई थी | उसकी आंखें आतंक से फटी हुई थीं | उसने मुझे देख लिया था | उसका हाथ मेरी तरफ मदद के लिये उठा | वो ऐसे लड़खड़ा रही थी जैसे उसने शराब पी ली हो | वो गिरने को थी | मैं उसकी तरफ लपकी | मैंने अपने बाजू से सहारा देकर उसे थामने की कोशिश की |

पर उसके घुटने मुड़ते चले गये | उसके मुंह से आतंक भरे स्वर में निकला – 'ह...हेलेन ! व...वो एक बैंड था | स्पेकल्ड बैंड !'

यह कहते हुए उसने उस दीवार की तरफ इशारा किया जिसके दूसरी तरफ डॉक्टर रौलेट्स का कमरा था | वो आगे भी कुछ कहना चाहती थी लेकिन उसका गला बंद हो गया | शब्द उसके गले में ही घुंट चुके थे | उसके साथ क्या हुआ था मुझे नहीं मालूम था | मुझे लगा वो मर रही थी | मैं जैसे पागल सी हो उठी | मैं पापा-पापा चिल्लाती हुई बाहर दौड़ी | वो भी तेजी से मुझे बाहर आते दिखाई पड़े |

फिर जब हम वापस उसके पास पहुंचे तो वो लगभग बेहोश हो चुकी थी | पापा ने उसके गले में कुछ ब्रांडी उड़ेली और उसे पास के मेडिकल सेंटर ले गये लेकिन उसकी सांसें उखड़ रही थीं | उसने रास्ते में ही दम तोड़ दिया था | मैंने अपनी प्यारी बहन को हमेशा के लिये खो दिया था |"

"क्या तुमने वाकई वो आवाजें सुनी थीं ?"

"हां ! हमारे घर का वो हिस्सा जो रहने के हिसाब से थोड़ा अधिक पुराना है इसलिए उस तरफ कोई नहीं रहता | मैंने वह आवाजें उसी तरफ से आती सुनी थीं |"

"यदि वो आवाजें तुमने सुनी थीं तो तुम्हारी बहन ने भी जरूर सुनी होंगी ? क्या ऐसा कुछ तुम्हें वहां लगा कि वो उन आवाजों का रहस्य जानने के लिये कुछ कर रही थी ? मतलब क्या तुमने उसे सिर्फ गिरते हुए ही देखा था |"

"हां ! मैं बताना भूल गई कि जब मैं उसके कमरे में पहुंची तो उसके एक हाथ में जलती हुई तीली थी और दूसरे में माचिस | शायद उसी आवाज का कारण जानने के लिये उसने तीली जलाई थी |"

"ये एक महत्वपूर्ण जानकारी है जिसका मतलब है कि वो आवाज सचमुच उसने भी सुनी थी और वो उसका रहस्य जानना चाहती थी |"

"पुलिस ने वहां आकर क्या तहकीकात की ?"

"मेरे लिये तो जूलिया की मौत एक रहस्य ही थी लेकिन पुलिस की इन्वेस्टिगेशन के हिसाब से जूलिया पर कोई शारीरिक इंजरी नहीं थी | कमरे की खिड़की लोहे के एक शटर की तरह थी, वो बंद थी | जूलिया के बेड के पास ही फ्रेश एयर के लिये डक्ट से जुड़ी एक चिमनी थी | कमरा पहले की तरह व्यवस्थित था | जो चीज जहां होनी चाहिये थी, वहीं थी | वहां किसी किस्म की मारपीट या भगदड़ के निशान नहीं थे | ना ही कोई ऐसा क्लू दिखाई पड़ रहा था जिसके कारण उसकी हत्या की शंका हो |"

"तुम्हें क्या लगा था कि उसकी मौत कैसे हुई होगी ?"

"मुझे ऐसा लगा था जैसे वो बहुत डर गई थी और इसी से उसे शायद हॉर्ट अटैक आया था | वो सचमुच बहुत डरी हुई थी |"

"बबून और चीता उस समय कहां थे ?"

"वो बाहर ही थे | उनके भीतर आने का कोई सवाल ही नहीं उठता था |"

"तुमने कहा कि होश खोने से पहले उसने कुछ कहा था | बैंड ! स्पेकल्ड बैंड ! समथिंग कुछ ऐसा ही |"

"हां ! पता नहीं वो किसी म्यूजिकल बैंड की बात कर रही थी या अपनी कलाई पर लपेटे जाने वाले किसी फ्रेंडशिप बैंड की बात कर रही थी | लेकिन वो बैंड क्या था ये मेरी समझ से बाहर की बात थी |"

"फिर क्या हुआ ?"

"इन सब बातों को दो साल बीत चुके हैं | जूलिया के जाने के बाद मैं बहुत अकेली फील कर रही थी | दो साल बाद अचानक मेरी लाईफ में एक

लड़के ने कदम रखा हालांकि मैं उसे पहले से जानती थी | बात आगे तब बढ़ी जब उसने मेरे सामने शादी का प्रपोजल रखा |

उसका नाम आर्मिटेज है | पर्सी आर्मिटेज |

पापा को भी उसके लिये कोई ऐतराज नहीं है | हम इसी स्प्रिंग सीजन में शादी कर रहे हैं | दो दिन पहले ही पापा ने मेरे रूम की बाहरी दीवार को ठीक-ठाक करवाने के लिये काम शुरू करवाया है | वहां से आने वाली धूल-मिटटी से बचने के लिये मैं आज ही पापा के कहने पर फ़िलहाल जूलिया के कमरे में शिफ्ट हो गई हूं | उसके कमरे में उसकी मौजूदगी को, उसकी यादों को मैं हर पल महसूस करती हूं |"

"वहां ऐसा क्या हुआ कि तुम्हें यहां आना पड़ा ?"

"हां ! आपने सही अनुमान लगाया | रात मैंने उसके कमरे में वैसी ही व्हिसल की आवाजें सुनीं जिन्हें जूलिया ने अपनी मौत से पहले सुना था और मुझे बताया था |"

"ओह ! इंट्रस्टिंग !"

"आवाजें हालांकि बहुत धीमी थीं लेकिन मेरे रौंगटे खड़े करने के लिये काफी थीं | मैं फुर्ती के साथ उठी और मैंने तुरंत लैम्प रौशन किया | पर पूरा कमरा छान मारने के बाद भी कोई ऐसी चीज ना दिखाई दी जहां से मुझे वैसी आवाजें आती हुई महसूस हों | ना जाने क्यों मेरा हृदय कांप गया था | मैं पूरी रात सो नहीं सकी | वैसी ही आवाजों का फिर से सुनाई पड़ना मुझे रोमांचित कर रहा था | एक बार फिर से मेरा हृदय किसी अनिष्ट की आशंका से थरथरा रहा था |

मुझे याद आया कि उस समय जूलिया की भी शादी होने वाली थी और अब मैं भी जल्दी ही विवाह बंधन में बंधने जा रही थी | मैंने निर्णय किया कि मैं इसकी तह तक जाऊंगी | फिर दिन होते ही मैं बिना किसी को बताये यहां आपसे मिलने आ गई | इतनी सुबह मुझे कोई सवारी नहीं मिली तो मैंने कुत्ता गाड़ी वाले से प्रार्थना की | उसने मुझे लेदरहेड तक छोड़ दिया जहां से आगे मैं ट्रेन द्वारा फिर आपके पास आई |"

"क्या ये सम्भव है कि हम तुम्हारे पापा की अनुपस्थिति में तुम्हारे घर में आये और तुम्हारे घर का निरीक्षण कर सकें ?"

"हां ! वे अपने काम के सिलसले में आज शहर से बाहर जाने वाले हैं | वे पूरा दिन बाहर रहेंगे | मेरे विचार में आपके आने का यही समय उत्तम

होगा | हमारे यहां एक नौकर है लेकिन उसे हमारे मामलों में कोई रूचि नहीं, मैं उसे कुछ समय के लिये छुट्टी दे दूंगी | आपको वहां कोई डिस्टर्ब नहीं करेगा |"

"डॉक्टर वाटसन ! क्या आप तैयार हैं चलने के लिये ?" शरलॉक ने मुझसे पूछा |

"बिलकुल ! इस केस को जानने के लिये मैं भी बेचैन हूं |"

"तो हम लोग जल्दी ही आपसे मिलते हैं | आपके घर में |"

इसके बाद वो अपना पता दे कर वहां से चली गई |

इसके तुरंत बाद ही एक लम्बे कद का रौबदार चेहरे वाला, जिस पर झुर्रियां पड़ने लगी थीं, तेज कदमों के साथ वहां पहुंचा | उसके चेहरे पर कठोर भाव थे | उसके जबड़े सख्ती के साथ भिंचे हुए थे | उसकी सुर्ख आंखें जैसे हम दोनों को खा जाने वाली निगाहों से घूर रही थीं | उसे देख कर ही ऐसा लगता था कि जैसे शैतान को देख लिया हो | उसने आते ही पूछा – "तुममें से वो कौन है...शरलॉक होम्स ?"

"मैं...मेरा ही नाम शरलॉक होम्स है | कहिये मैं आपकी क्या मदद कर सकता हूं ?"

"मदद की जरूरत तो तुम्हें पड़ने वाली है | मुझे डॉक्टर रौलेट्स कहते हैं |"

"ओह ! डॉक्टर रौलेट्स ? क्या मैं बीमार पड़ने वाला हूं ?"

"नहीं ! पर हो सकता है तुम्हारे हाथ-पांव तोड़ दिए जायें | डॉक्टर रौलेट्स ऑफ स्टॉक मोरन को अभी तुम जानते नहीं हो !"

"तो जान लेते हैं |"

"बकवास बंद करो | मैं तुमसे यह जानना चाहता हूं कि वो...जो अभी-अभी यहां से गई है हेलेन स्टोनर...वो तुमसे क्या कहने आई थी ?"

"माफ करें ये मैं नहीं बता सकता |"

"उसकी बातों में आने की कोशिश ना करो तो तुम्हारे लिये अच्छा होगा |" उसने क्रोध में आगे बढ़ कर फायर प्लेस के पास रखे हुए लोहे के बेलचे को उठा लिया | इस बेलचे से जली हुई लकड़ी के टुकड़ों को उठाया जाता था | हम दोनों सावधान हो गये | हमें लगा कि ये आदमी तो एकदम से आक्रमण करने पर उतारू हो रहा है |

शायद वो ऐसा कर भी देता | उसके चेहरे पर खूंखार भाव थे | पर उसने हमला नहीं किया | उसने बेलचे पर अपनी पूरी ताकत दिखाई | वो उसे बल लगा कर मोड़ रहा था | उसके जबड़े भिंचे हुए थे | उसने एक पहलवान की तरह ताकत लगाते हुए उस बेलचे की लोहे की रॉड़ को मोड़ दिया और एक तरफ फेंक दिया |

हम स्तब्ध खड़े थे | उसकी शारीरिक शक्ति सचमुच कमाल की थी क्योंकि जो हरकत उसने की थी वो कम से कम उसकी उम्र वाले व्यक्ति के लिये कर पाना आसान नहीं थी | वो हमें अपनी ताकत दिखा रहा था या शायद इसीलिये आया था |

हम दोनों ही सावधान थे पर उसने हमले की कोशिश नहीं की | वो जितनी तेजी से आया था उतनी ही तेजी से वापस लौट गया | उसकी निगाहों में शायद शक्ति प्रदर्शन का उसका काम पूरा हो चुका था | हमने चैन की सांस ली | कुछ देर पहले हमने लड़ने की तैयारी कर ली थी लेकिन शुक्र था कि उसकी नौबत नहीं आई थी |

शरलॉक अपनी जगह से उठ खड़ा हुआ | उसने मुड़े हुए पोकर (बेलचे) को उठाया फिर उसे ध्यान से देखते हुए बोला – "ये अपनी बेटी का पीछा करते हुए यहां आया होगा | उसने यहां आकर और कुछ किया हो या ना किया हो लेकिन ये जरूर साबित कर दिया कि कहीं ना कहीं अपनी बेटी हेलेन के प्रति अपनी सोचों से वो विलेन है |"

काश जाते-जाते वो शरलॉक की उस हरकत को देख लेता | शरलॉक ने डॉक्टर रौलेट्स द्वारा लोहे के मोड़ कर फेंके गये उस बेलचे को वापस सीधा कर दिया था फिर उसने मुस्करा कर उसे वापस अपनी जगह पर रख दिया था | मैं यह जान कर हंस रहा था कि उसे सीधा करने में भी उतना ही बल लगा था जिसकी धौंस वो डॉक्टर रौलेट्स दे गया था | मैं यह दृश्य देख कर मुस्कराया |

"डॉक्टर वाटसन ! मैं जरा कुछ देर के लिये बाहर जा रहा हूं | लौट कर हम स्टॉक मोरन की सैर को चलेंगे |"

शरलॉक करीब एक बजे वापस लौटा तो उसके हाथ में कुछ कागज थे | उसने आते ही कहा – "वाटसन ! माई डीयर ! मैं हेलेन की स्वर्गवासी मां की विल के कागजों की छानबीन करने गया था | मैंने पाया कि हेलेन की मां मिसेज स्टोनर की कुल इनकम उसकी मौत के वक्त लगभग ग्यारह सौ

पाउंड्स थी लेकिन आज की तारीख में यह अमाउंट घट कर कुल साढ़े सात सौ पाउंड्स रह गया है |

इसका कारण घटता हुआ ब्याज और परिवार के बढ़ते हुए खर्च हो सकते हैं | विल के मुताबिक़ शादी के समय उंसकी दोनों बेटियों को ढाई-ढाई सौ पाउंड्स की रकम दी जानी है | यदि ऐसा होता है तो दोनों की शादियों के खर्चे निकाल कर डॉक्टर रौलेट्स के पास तो कुछ बचता ही नहीं |"

"मतलब डॉक्टर के पास वो वजह है कि वो इस केस में शक के दायरे में है |"

"हां ! बिल्कुल है !"

"और इसलिए मैं आपको आगाह कर रहा हूं कि यदि आप मेरे साथ ना जाना चाहें तो मैं जिद्द नहीं करुंगा क्योंकि हम जहां जा रहे हैं वहां जान का खतरा हो सकता है |"

"मित्र को अकेले खतरे में जाने नहीं दे सकता |"

"तो फिर अपने बारूदी मित्र को साथ ले लो |"

"क्या मतलब ?"

"मेरा मतलब अपने रिवॉल्वर को |"

मौत के मिशन पर उसके मजाक हौंसलों को ताकत देते थे | वाटरलू से ट्रेन पकड़ कर हम लेदरहेड जा पहुंचे थे | स्टॉक मोरन में डॉक्टर रौलेट्स के उस पुराने विशाल घर में जो पुराना था पर रईसी शान उसमें अब भी बाकी थी | उन्हें हेलेन स्टोनर अपना इन्तजार करती मिली | हमें देखते ही उसका चेहरा खिल उठा | खिलता भी क्यों ना ? हम उसके लिये एक इकलौती उम्मीद थे |

वो जल्दी से जल्दी सभी रहस्यों पर से पर्दे उठा लेना चाहती थी | उस वक्त डॉक्टर रौलेट्स घर पर नहीं था | हेलेन के मुताबिक़ वो रात से पहले घर नहीं लौटने वाला था | हम भीतर आ गये | बिल्डिंग का एक हिस्सा बिल्कुल खंडहर हो रहा था | उस तरफ कोई नहीं रहता था जबकि दूसरा हिस्सा रिहाईश के कारण ठीक ठाक था |

हालांकि खंडहर वाले हिस्से में कई जगहों पर सफेद पत्थर दीवारों से उखड़े हुए थे पर उस तरफ रिपेयर का कोई काम नहीं हो रहा था जबकि

जो हिस्से ठीक थे रिपेयर भी उन्हीं हिस्सों पर हो रही थी | उनमें ही एक हिस्सा हेलेन के कमरे की बाहरी दीवार वाला था हालांकि उस वक्त रिपेयरिंग का काम नहीं हो रहा था | मजदूर अपना आज का काम खत्म करके जा चुके थे या फिर उन्हें हेलेन ने जाने को कह दिया था |

हम लोग उस वक्त लॉन की तरफ थे | वहां से तीनों रूम्स उसी अवस्था में दिखाई पड़ रहे थे जैसा कि हेलेन ने मेंशन किया था | अचानक शरलॉक ने कहा – "मिस हेलेन ! इनमें से एक कमरा आपका है जहां कि बाहरी दीवारों पर अभी रिपेयरिंग चल रही है | बीच में आपकी बहन जूलिया का कमरा है जहां इस वक्त इस रिपेयरिंग के कारण आप रह रही हैं और उधर वो कमरा आपके पापा मतलब डॉक्टर रौलेट्स का है |"

"जी हां !"

"मिस हेलेन ! क्या आपको नहीं लगता कि आपके कमरे की बाहरी दीवार को अभी मरम्मत की कोई जरूरत नहीं है जबकि उससे भी खराब वाले हिस्सों की मरम्मत पहले होनी चाहिये |"

"मुझे भी ऐसा लगता है लेकिन शायद रिपेयरिंग मेरे रूम के बाहरी हिस्सों से शुरू होकर दूसरे हिस्सों तक जायेगी |"

हमने लॉन के अंधेरे में एक बच्चे जैसी आकृति को घूमते हुए देखा | पर उसकी चाल बच्चे के समान नहीं थी | वो कुछ झुक कर चल रहा था | शरलॉक होम्स समझ गया था कि वो आकृति किसी बच्चे की नहीं थी | हेलेन ने भी साफ़ किया कि वो बबून बंदर था | उसके यह कहते ही कि चीता भी यहीं कहीं होगा हम तेजी के साथ भीतर की तरफ बढ़ गये | कारीडोर में आने के बाद हमारी सांस में सांस आई | अब हम कारीडोर में वहां थे जहां उन तीनों कमरों के दरवाजे खुलते थे |

वहां पहुंच कर शरलॉक ने हेलेन से कहा – "डॉक्टर रौलेट्स के लौट आने के बाद आज रात आप चुपचाप जूलिया का कमरा छोड़ कर वापस अपने ही रूम में चली जायेंगी ! मैं वाटसन के साथ आज रात आपके मतलब उस कमरे में रहूंगा जिसे कभी जूलिया इस्तेमाल करती थी और अभी आप इस्तेमाल कर रही हैं लेकिन इस बात का पता किसी को नहीं चलना चाहिये कि हम आपके रूम में छुपे हैं |'

हेलेन जैसे सब कुछ समझ गई थी | हम उस वक्त जूलिया के कमरे में थे | शरलॉक ने बड़े ध्यान से एक-एक चीज का निरीक्षण करना शुरू

किया | कमरा काफी बड़ा था | वो बंद खिड़की के पास पहुंच कर उसे खोलने की कोशिश करने लगा | यह खिड़की लॉन की तरफ खुलती थी | उसका शटर कस कर बंद था | उसकी सलाखों के बीच में इतनी जगह भी नहीं थी कि वहां से किसी भी चीज को अंदर फेंका जा सकता हो |

खिड़की से कुछ दूर बेड था जिसे ध्यान से देखने पर शरलॉक ने पाया कि बेड जमीन पर फिक्स था यानी उसे कहीं और शिफ्ट नहीं किया जा सकता था | बेड के ठीक ऊपर वेंटिलेटर लगा था | शरलॉक एक-एक चीज को बड़े ध्यान से देख रहा था | देख मैं भी रहा था पर जो कुछ वो समझ रहा था उसे मैं नहीं समझ रहा था इसलिए सस्पेंस क्रियेट हो रहा था | इसके बाद वो मेरी तरफ पलटा, बोला – "कुछ समझे ?"

"अभी नहीं !"

"इस वेंटिलेटर के मुंह को ध्यान से देखो क्योंकि इसका शेष हिस्सा दीवार के पीछे से होकर कहीं बाहर जा रहा है |"

"वेंटिलेटर में क्या है ?"

"पहले ये बताओ कि कमरे में वेंटिलेटर क्यों लगाया जाता है ?"

"ताकि कमरे को शुद्ध हवा मिल सके और उसकी प्रदूषित वायु बाहर जा सके |"

"बिल्कुल ठीक ! लेकिन फिर ऐसे में वेंटिलेटर किधर खुलना चाहिये ?"

"लॉन की तरफ खुले में |"

"हां ! लेकिन जूलिया के कमरे में यह बात आश्चर्यजनक है कि वेंटिलेटर की डक्टिंग दीवार के अंदर से होकर लॉन की तरफ ना खुल कर आगे वाले कमरे में कहीं जा रही है |"

"मतलब डॉक्टर रौलेट्स के कमरे में ?"

"हां !"

हेलेन भी इस जानकारी पर स्तब्ध थी |

"वहां क्यों जा रही है ?"

"यह तो अब अगले कमरे में जाने पर ही पता चलेगा |"

"लेकिन एक चीज और भी यहां अजीब है | मिस हेलेन | ये बेल (घंटी) यहां कब से टंगी हुई है ?"

वह एक झूलने वाली घंटी थी | जैसी कि मंदिरों इत्यादियों में होती है | आमतौर पर इस प्रकार की घंटी को बजाने के लिये इसकी घुंडी से जुड़ी हुई एक रस्सी भी बंधी होती है जिसे खींचने पर घंटी बजती थी | घंटी को नौकर इत्यादि को बुलाने के मकसद से लगाया गया था |

"मेरी बहन के समय से |"

"लेकिन इस घंटी के नीचे इसे बजाने के लिये जो रस्सी लगी होनी चाहिये वो यहां नहीं लगी तो ये बजेगी कैसे ?"

"इस पर मेरा ध्यान नहीं गया |"

सचमुच वहां घंटी के भीतर लगी हुंडी को खींच कर बजाने के लिये जो रस्सी लगी होनी चाहिये थी वो वहां पर नहीं लगी थी |

"क्या जूलिया की मौत के समय भी ये ऐसे ही थी ?"

"मुझे नहीं पता | मैं इतना जानती हूं कि उसकी मौत के बाद से यह कमरा बंद है |"

हेलेन को साथ लेकर वे डॉक्टर रौलेट्स के कमरे में पहुंचे | डॉक्टर रौलेट्स का कमरा बाकी कमरों से बड़ा था | उसमें एक बेड था | एक तरफ किताबों से भरा शेल्फ था | एक आराम कुर्सी थी | इसके अलावा एक गोल मेज और एक लोहे की सेफ थी | शरलॉक ने सब चीजों को ध्यान से देखा | वो किसी चीज को छेड़ने से बच रहा था ताकि कहीं डॉक्टर रौलेट्स को वहां किसी छेड़छाड़ होने का संदेह ना हो जाये |

"मिस हेलेन ! यहां इस सेफ में क्या हो सकता है ?"

"कुछ पेपर्स इत्यादि !"

"क्या तुमने कभी इसके अंदर देखा है ?'

"सालों पहले कभी | तब पेपर्स वगैरहा ही थे |"

"मुझे लगा कोई बिल्ली विल्ली ना हो ?"

"क्या मजाक है मिस्टर शरलॉक होम्स ! सेफ में भला कोई बिल्ली क्यों रखेगा ?"

"क्योंकि यहां सेफ के आगे दूध की कुछ बूंदें गिरी हुई हैं |" उसने हाथ में एक लेंस ले रखा था जिसमें वो सूक्ष्म जांच कर रहा था – "यहां देखो | दूध का कटोरा भी पड़ा है | दूध बिल्ली पीती है |"

"नहीं ! बिल्ली तो मैंने कभी नहीं देखी | हां ! मैं बता चुकी हूं कि चीता और बबून बंदर तो हैं घर में लेकिन उन्हें यहां लाकर पापा दूध क्यों पिलाने लगे ?"

"हां ! तुम ठीक कहती हो |"

"मेरे विचार में इतना काफी है | अब हमें अपनी-अपनी जगहों पर वापस लौट जाना चाहिये |"

हम तीनों फिर से जूलिया के कमरे में आ गये |

"डॉक्टर के कमरे में क्या देखा ?"

"जूलिया यानि इस कमरे का वेंटिलेटर डॉक्टर रौलेट्स के कमरे तक जाता तो है लेकिन वो वहां भी बंद है |"

"क्या मतलब ? फिर वेंटिलेटर के होने का मतलब ही क्या है ?"

"यही तो सवाल है | एक ऐसा वेंटिलेटर जो वेंटिलेट ही नहीं करता उसका यूज क्या है ? डॉक्टर रौलेट्स के कमरे की जिस दीवार पर वो खुला होना चाहिये वहां वो आगे से बंद कर दिया गया है | इसका पता मुझे दीवार के एक हिस्से को ठकठका कर देखने से लगा | दीवार का वो छोटा सा हिस्सा पीछे से खाली था |

इसके अलावा उसके कमरे में मुझे एक लेदर की हंटर या चाबुक नुमा चीज भी दिखी जो अक्सर कुत्तों को फटकारने के काम आती है पर जिसका डॉक्टर के कमरे में क्या इस्तेमाल हो सकता है यह मैं अब समझ गया हूं | मिस हेलेन ! आपको आपके पापा ने ही आज इस कमरे में शिफ्ट होने को कहा था ?"

"हां !"

"शायद आज रात सभी रहस्यों पर से पर्दा उठ जाएगा मिस हेलेन |"

तभी डॉक्टर रौलेट्स के आने का पता चला | हम दोनों एक अंधेरे कोने में जा छुपे | हेलेन का दिल जोर से धड़क उठा था | मैंने अपनी जेब टटोली | वहां रिवॉल्वर को पाकर मुझे सुकून मिला | डॉक्टर रौलेट्स अंदर आ चुका था | उसने हेलेन का कमरा खटखटाया – "हेलेन ! क्या तुम खाना खा चुकी हो ?"

हेलेन ने बिना दरवाजा खोले भीतर से ही हामी भरी | इसके बाद डॉक्टर रौलेट्स वहां से अपने कमरे में चला गया |

शायद खाने के बहाने उसने कन्फर्म किया था कि हेलेन अपने कमरे में है या नहीं |

"मिस हेलेन ! अब आप अपने पहले वाले कमरे में चली जायें |" शरलॉक ने फुसफुसा कर कहा | हेलेन धड़कते दिल के साथ धीरे से दरवाजा खोल कर बाहर निकल गई | बाहर कारीडोर में अंधेरा था | वो चुपचाप अपने कमरे में चली गई |

"जानते हो वाटसन जूलिया ने अपनी मौत से पहले सिगार की गंध की शिकायत की थी, वो गंध इसी वेंटिलेटर के जरिये ही इस कमरे तक आ रही थी जैसी आज फिर से आ रही है | पास वाले कमरे में डॉक्टर रौलेट्स सिगार पी रहा है |"

"वो क्या कर रहा होगा ?"

"शायद इस कमरे में सोने वाले की मौत का इंतजाम | वाटसन ! तुम वहां अपनी रिवॉल्वर के साथ तैयार रहो और मैं यहां बेड के पास रहूंगा |"

शरलॉक ने कुर्सी पर चढ़ कर वेंटिलेटर मे झाँकने की कोशिश की | वो कुछ सुनने की कोशिश कर रहा था | उस तरफ घटाटोप अंधेरा था | अचानक उधर से रौशनी की एक किरण दिखाई दी | डॉक्टर की तरफ से वेंटिलेटर को शायद खोला गया था |

ठीक उसी समय उधर से एक हल्की व्हिसल का स्वर सुनाई पड़ने लगा | ऐसा लगा जैसे कूकर में से भाप सी निकल रही हो | यही सीटी की आवाज जूलिया ने भी सुनी थी | शरलॉक ने तुरंत पास ही लटकी घंटी को अपनी तरफ खींचा | मैंने उसके रौंगटे खड़े होते महसूस किये | उसने घंटी को वेंटिलेटर के मुंह के पास लाकर उसे जोर से बजा दिया | मैं उसकी इस हरकत का मतलब नहीं समझ पा रहा था |

ऐसे तो डॉक्टर को उनकी इस कमरे में मौजूदगी का पता चल जाता और वे फंस सकते थे | लेकिन शरलॉक की बातें शरलॉक ही जाने ! हां ! इतना जरूर हुआ था कि घंटी की आवाज के साथ ही उधर से बजाई जाती सीटी की आवाज आनी बंद हो गई |

शरलॉक ने मेरा हाथ थामा और बाहर भागते हुए चिल्लाया – "आओ वाटसन ! हमें डॉक्टर रौलेट्स के कमरे में जाना होगा |"

"लेकिन वहां क्यों ?"

उसने जवाब नहीं दिया | हम दोनों भाग कर डॉक्टर के कमरे में पहुंचे | शरलॉक ने एक झटके से दरवाजे को भीतर की तरफ धकेला | वो खुलता चला गया | अंदर अंधेरा था | एक तरफ लैम्प रखा था लेकिन उसकी मध्यम रौशनी में कुछ भी साफ़ देख पाना मुमकिन नहीं था |

हम दोनों बहुत धीरे से कमरे में एंटर हुए | डॉक्टर रौलेट्स कुर्सी पर गिरा पड़ा था | उसके माथे पर कुछ लिपटा हुआ था | वो जो भी चीज थी उस पर भूरे चमकदार सितारे जैसे कुछ चमक रहे थे | उसकी आंखें छत को घूर रही थी | उनमें तेज नहीं था | उनमें कोई मूवमेंट नहीं थी |

"बैंड ! स्पेकल्ड बैंड !" शरलॉक तेजी से फुसफुसाया |

"अचानक उसके सिर पर लिपटी हुई चीज थोड़ा हिली और इसी पल शरलॉक सनसनीखेज ढंग से बोला – "बी केयर फुल ! ये एक सांप है वाटसन ! एक ऐसा खतरनाक चमकीले चकतों वाला विषैला सांप, जिसका काटा पानी भी नहीं मांगता |"

शरलॉक होम्स ने बड़ी ही सावधानी से उस लेदर बेल्ट या चाबुक से उस सांप को वापस उस सेफ में उछाल दिया और उसे एक झटके से बंद कर दिया – "तुमने इसके बंद होने की आवाज सुनी वाटसन ? इस आवाज को हेलेन ने भी सुना था जब जूलिया की मौत के बाद वो भाग कर डॉक्टर रौलेट्स के कमरे की तरफ जा रही थी | यह सेफ बंद होने की आवाज थी | डॉक्टर ने जूलिया को भी इसी सांप से कटवा कर मारा था |

सीटी की आवाजों से उसने सांप को जूलिया के कमरे में भेजा भी था और वापस भी बुला लिया था | उसने उसे वापस सेफ में बंद कर दिया था | मैं निश्चित रूप से कह सकता हूं कि घंटी पर लगी रस्सी उस वक्त भी नहीं लगी होगी क्योंकि डॉक्टर नहीं चाहता था कि जूलिया सांप को वहां देखने के बाद घंटी बजा कर किसी को वहां बुलाये |

वो आज हेलेन को भी उसी तरीके से मार कर दोनों बहनों की शादी के लिये रखे हुए पैसों को अपनी जेब में डालने वाला था | इसलिए उसने जानबूझ कर हेलेन को कमरे की रिपेयरिंग का बहाना बना कर जूलिया वाले कमरे में शिफ्ट करवा दिया था | जब मैंने सेफ के पास दूध की बूंदें देखीं तो मैं तभी समझ गया था कि जानवरों को पालतू बनाने वाला डॉक्टर रौलेट्स सांप भी पालता है |

उसने जूलिया को मारने के लिये ही ऐसे वेंटिलेटर का निर्माण करवाया था जो ठीक जूलिया के बेड के ऊपर ही खुलता था | वेंटिलेटर का दूसरा सिरा डॉक्टर के कमरे में खुलता था जिससे उसने अपने ट्रेंड किये हुए सांप को जूलिया के कमरे में भेजा था | सांप उसकी सीटी के इशारों को समझता था | सांप सीधा सोई हुई जूलिया के ऊपर गिरा और उसे काट खाया | वो बेचारी कुछ बोल भी नहीं पाई | ये एक विशेष किस्म का सांप है जिसके जहर का खून की जांच में भी पता नहीं चलता | इसलिए इन्वेस्टिगेशन टीम भी इससे होने वाली मौत का पता नहीं लगा पाती |"

"लेकिन खुद डॉक्टर कैसे इस सांप का शिकार बन गया ?"

"मैं वेंटिलेटर से झांक कर जब डॉक्टर के कमरे में होने वाली गतिविधि को नोट करने की कोशिश कर रहा था तो मैंने वेंटिलेटर में उसी समय सांप के फुंफकारने के हल्के स्वर सुने। मैं समझ गया कि खतरा सिर पर है।

मैं समझ गया कि वो सांप को जूलिया के कमरे में जाने के लिये मजबूर कर रहा है। या समझ लो कि आदेश दे रहा है। मैंने वेंटिलेटर में कुछ सरसराने की आवाज सुनी। मैं समझ गया कि सांप वेंटिलेटर में आ चुका है। तभी मैंने वेंटिलेटर में घंटी की आवाज की जिससे डॉक्टर के सीटी के संकेत में खलल पड़ गया।

सांप उसके संकेत से भटक कर जूलिया के कमरे में आने की बजाये वापस चला गया और डॉक्टर पर ही जा गिरा। उसने डॉक्टर को ही अपना निशाना बना लिया। ममता के जिस दूध से डॉक्टर रौलेट्स को अपनी बेटियों को पोषण देना चाहिये था उसने उसमें विष मिला दिया जिसका आखिर में वो खुद भी शिकार हो गया।"

खटपट सुनकर हेलेन भी तब तक वहां आ गई थी। उसने शरलॉक की बातें सुन ली थीं। वो हक्की-बक्की थी। सारी कहानी जान कर तो उसकी सांस ही रुक गई थी। उफ़! अगर आज शरलॉक नहीं होता तो वो स्पेकल्ड बैंड का शिकार हो गई होती।

और ये कठोर सत्य था कि जिस पैसे के लिये डॉक्टर ने वो सारा षड्यंत्र रचा था वो अब उसके किसी काम का नहीं था।

❐

चोरी किया रे !

(The Naval Treaty)

पर्सी फेल्प्स !

इस नाम के साथ ही अचानक मुझे (वाटसन) अपने स्कूल के दिनों की यादें ताजा हो आईं | वो मुझसे हालांकि दो क्लासें आगे था | फिर भी वो अपने जूनियर्स को बहुत चाहता था | समय-समय पर उनकी मदद करता था | वो सचमुच ब्रिलियेंट था | पढ़ाई के साथ वो स्कूल की दूसरी एक्टिविटीज़ में भी बहुत सक्रिय रहता था |

स्पोर्ट्स में उसने कई ईनाम जीते थे | उसे हमेशा जीतने की आदत थी इसके लिये वो कड़ी मेहनत करता था, लेकिन घमंड उसे छू कर भी नहीं गया था | उसके व्यक्तित्व की सादगी, उसकी मीठी भाषा किसी का भी मन मोह लेती थी | उसकी विलक्षण प्रतिभा को देखते हुए उसे आगे की पढ़ाई के लिये केम्ब्रिज भेजा गया था |

उसके मामा ...क्या नाम था ...हां... लोर्ड होल्डहर्स्ट... वे राजनीति में सक्रिय थे | आज तो मैं उनके बारे में नहीं जानता लेकिन उस वक्त उनकी एक अलग हस्ती थी | शहर में उनका नाम था | इज्जत थी | वो पर्सी को बहुत चाहते थे | साथ ही हमें भी क्योंकि हम उसके दोस्त थे | पढ़ाई पूरी करने के बाद वो विदेश मंत्रालय में नौकरी करने लगा | इसके बाद धीरे-धीरे वो मेरी यादों से हटने लगा था |

ठीक वैसे ही जैसे स्कूल छोड़ने के बाद स्कूल से जुड़ी यादें भी धीरे-धीरे मेमोरी से गायब होने लगती हैं | धुंधली पड़ने लगती हैं | आगे सबका अपना-अपना भविष्य होता है | भविष्य की उजली योजनाएं होती हैं | वो उसी में व्यस्त हो जाते हैं | कभी किसी की याद आ भी जाती है तो होंठों पर हल्की सी मुस्कान खेल जाती है |

पर आज मैं ये सब बातें क्यों कर रहा हूं ? आज मुझे अचानक अपने उस अजीज दोस्त की याद कैसे और क्यों आ गई ?

कुछ तो हुआ होगा |

हां !

हुआ तो था | आज मुझे उसका लैटर मिला है | लैटर पर उसका नाम देख कर एकदम से यकीन नहीं हुआ | पर वो उसी का लैटर था | मैं उसका नाम देख कर रोमांचित हो उठा था | मैं उसका पत्र पढ़ने के लिये बेचैन हो उठा | कोई उस पल की खुशी का अनुमान नहीं लगा सकता था |

सिवाये मेरे |

मैंने पत्र खोला | पढ़ने लगा – "ब्रायर-ब्रे ! माई डीयर वाटसन !" मुझे ऐसा लगा जैसे वो सीधे मुझसे ही मुखातिब हो रहा हो – "मैं जानता हूं तुम भूले नहीं होंगे अपने टैडपोल फेल्प्स को !" वो शब्द टैडपोल जैसे मेरे दिमाग में एक मीठी सी सनसनी मचा गया | मैं अनायास ही मुस्करा उठा | हां ! मुझे याद आ गया हम उसे टैडपोल कहते थे | जिंदगी का कोई भी क्षेत्र हो वो पानी की तरह तैरता हुआ हर क्षेत्र से निकल जाता था | हर क्षेत्र का विजेता था वो | "क्यों ? याद आ गया ना ? मुझे पता है मैं हमेशा तुमसे दो क्लास आगे रहा | उम्मीद करता हूं तुम मुझे भूले नहीं होंगे |"

"बिल्कुल भी नहीं !" वाटसन हौले से बुदबुदाया, मुस्कराया फिर आगे पढ़ने लगा – "तुम सोच रहे होंगे कि आज अचानक मुझे तुम्हारी याद क्यों आ गई ? सचमुच आज याद का आना मजबूरी हो सकती हैं | हम सब अपने-अपने कामों में बिजी थे | यही जिंदगी है | ऐसा ही होता है | फॉरेन ऑफिस में मेरी जॉब बहुत अच्छी चल रही थी | यहां जॉब से ज्यादा जिम्मेदारी का काम है | विश्वास का काम है | ईमानदारी का काम है |

लेकिन आज मैं इन सब चीजों के नाम से ही घबराया हुआ हूं | इसका मतलब ये नहीं है कि मुझमें ये चीजें कम हो गई हैं | इसका मतलब है कि आज कुछ ऐसा हो गया है कि मेरा भरोसा टूट रहा है | मेरी ईमानदारी को संदेह की नजरों से देखा जा रहा है | खुद मेरी ही निगाहों में ये सभी चीजें अपना भरोसा खोने लगी हैं |

आज मेरा करियर, मेरी रेपुटेशन सब कुछ दांव पर लगे हैं | मैं सारी चीजें तुम्हें विस्तार से इस लैटर में नहीं लिख पाऊंगा क्योंकि इस समय मेरी हालत सचमुच बहुत खराब है | मैं बहुत बीमार हूं | उठ-फिर चल नहीं सकता | मैं ब्रेन फीवर से होकर गुजरा हूं | मैं बहुत कमजोर हूं | इमोशनली भी और शरीर से भी |

मैं जानता हूं तुम एक ऐसे इंसान के साथ रहते हो जिसकी मदद की इस समय मुझे बहुत सख्त जरूरत है | उसका नाम शरलॉक होम्स है | मास्टर डिटेक्टिव शरलॉक होम्स ! यहां जो कुछ हुआ है उसमें यहां की सभी ऑथोरिटीज अपने हाथ खड़े कर चुकी हैं | किसी की समझ में कुछ भी नहीं आ रहा है |

मेरे लिये एक-एक मिनट काटना भारी है | मेरे दिल की धड़कनें अनायास ही बढ़ जाती हैं | लगता है जैसे अभी सांस निकल जायेगी | मैं इतना कमजोर हो चुका हूं कि ये लैटर भी लिखने की मुझमें हिम्मत शेष नहीं बची है | इसे मैं डिक्टेट करके लिखवा रहा हूं |

मैं चाहता हूं कि तुम अपने फ्रेंड शरलॉक होम्स को साथ लेकर यहां आ जाओ | अब मेरी सारी उम्मीदें केवल शरलॉक और तुम पर टिकी हैं | मैं चाहता हूं मेरी मौत से पहले तुम मुझ तक पहुंचों |

तुम्हारा स्कूल का दोस्त,

पर्सी फेल्प्स !"

वह सब पढ़ते हुए मेरी आंखें डबडबा आईं थीं | मैंने खुद पर तुरंत कंट्रोल ना किया होता तो शायद आंखें छलक जातीं | मैंने कई बार उस पत्र को पढ़ा | मैं नहीं जानता था कि मेरा दोस्त किस मुश्किल में है ? लेकिन इतना मेरे दिल से आवाज आ रही थी कि मैं शरलॉक से बात करूं और उसकी समस्या का कोई हल निकालूं | मैं जानता था कि शरलॉक मना नहीं करेगा |

मैं तैयार हुआ और बेकर स्ट्रीट जाने के लिये निकल पड़ा | अपने उस दोस्त के पास जो मेरी रूह था | रूह में रहता था | सांसों में बसता था | मैं सचमुच उसके बिना अधूरा सा था | हालांकि हम दोनों के काम डिफरेंट थे | सोचें अलग थीं | लेकिन फिर भी हम दोनों साथ थे |

वो मुझे अपने हर केस में अपने साथ रखता था | मैं पेशे से डॉक्टर था लेकिन वो जब भी मुझे किसी केस के लिये बुलाता था तो मैं तुरंत जाता था | जानता था कि मेरे बिना वो आगे नहीं बढ़ेगा | मैं सचमुच उसका असिस्टेंट था और ये मेरा सौभाग्य था वरना मैं अपने जीवन के थ्रिल से महरूम रह जाता |

वो ग्रेट था |

वो मास्टर था |

वो मास्टर डिटेक्टिव था | सचमुच वो यारों का यार था | मैं वाकई दोस्तों के मामले में लक्की था | उससे मिलने का रोमांच हमेशा मुझे रहता था | आज भी जब मैं उसके पास पहुंचा तो वो किसी काम में व्यस्त था | वो किसी जांच में लगा था | उसके सामने कुछ केमिकल इत्यादि बिखरे हुए थे |

उसके सामने बर्नर की नीली आंच में कोई केमिकल एक परखनली में गर्म किया जा रहा था | उसे व्यस्त देख कर मैं खुद ही सीट पर बैठ गया | उसके हाथ में एक लिटमस पेपर था | उसके दूसरे हाथ में एक ग्लास पिपेट (pipette) थी जिसे उसने एक परखनली में डुबो कर उसमें भरे सॉल्यूशन को उसमें खींच लिया |

वो एक क्षण को रुका | मैं नहीं जानता था कि उसकी जांच किस सम्बन्ध में है | क्या है ? मैं उत्सुकता के साथ उसकी तरफ देख रहा था | उसने मेरी तरफ देखा फिर कहा – 'वाटसन ! देखो ! किस तरह केमिकल की एक बूंद दूध का दूध और पानी का पानी कर देगी | यदि इस केमिकल को लिटमस पेपर पर डालते ही पेपर का कलर नीला हो गया तो मैं जिसके लिये जांच कर रहा हूं वो आदमी बेकुसूर है लेकिन अगर कहीं ये लाल हो गया तो इसका मतलब होगा कि ये आदमी गुनहगार है |"

कलर लाल हो गया था | शरलॉक होम्स के होंठों पर मुस्कान तैर गई थी | मैं उसके निष्कर्ष पर हैरान नहीं हुआ था | वो ऐसा ही था | उसके काम करने के तरीके एकदम अलग थे |

वो उठ कर मेरे पास आया – "एक खून का मामला था |"

वो मेरे सामने आकर बैठ गया | मैंने अपने हाथ में थमा लैटर उसकी तरफ बढ़ा दिया | उसने उसे ध्यान से पढ़ा फिर बोला – "इसे पढ़ने के बाद मुझे शायद ज्यादा कुछ कहने की जरूरत नहीं है | यह लैटर बहुत कुछ खुद ही बयान कर रहा है |"

"इसलिए मैं तुम्हारे पास आया हूं |"

"मैं समझता हूं कि इस पत्र को किसी औरत ने लिखा है |"

"उसने इसका जिक्र तो किया है लेकिन उसने ये नहीं लिखा कि उसने पत्र किससे लिखवाया है ? तुमने ये कैसे जाना ? क्या पता वो एक आदमी हो ?"

"नहीं ! इसे औरत ने ही लिखा है | उसने लिखा है कि वो बहुत बीमार है | यहां तक कि चल-फिर, उठ-बैठ भी नहीं सकता | तो ऐसे में जरूर कोई लड़की या औरत ही होगी उसकी देखभाल के लिये उसके पास | कोई पुरुष किसी पुरुष की ऐसी केयर कभी नहीं कर सकता | वो एक नर्स हो सकती है या कोई उसकी बहुत क्लोज रिश्तेदार, कोई दोस्त या जान-पहचान वाली | वो अच्छी है या बुरी ये अभी मैं नहीं बता सकता |"

"तो इस बारे में तुम क्या कहते हो ?"

"मेरे ख्याल में हमें वहां जाने में देर नहीं करनी चाहिये |"

वाटरलू से ट्रेन पकड़ कर हम अपने गंतव्य स्टेशन पर पहुंचे और फिर वहां से पैदल ही 'ब्रायर-ब्रे' पहुंचे जो वॉकिंग डिस्टेंस पर ही था | हमने

अपना कार्ड अंदर भेजा तो एक तीस-पैंतीस की उम्र का व्यक्ति बाहर आया | उसको देख कर दोनों को किसी अच्छी उर्जा का एहसास नहीं हुआ | उसके गालों में गड्ढे थे | आंखों में भी नीरसता थी जैसे वो किसी से मिलना-जुलना पसंद ना करता हो | हमने अपना परिचय उसे दिया | उसने हाथ बढ़ा कर हमारा स्वागत किया |

"मैं खुश हूं कि आप यहां आए |" उसने शुष्क अंदाज में दोनों से हाथ मिलाया था |

"हमें इस फैमिली की ज्यादा जानकारी नहीं है लेकिन मैं समझता हूं कि आप इस फैमिली से बिलोंग नहीं करते |"

यह सुनकर उसने हैरान होकर हमारी तरफ देखा | उसे उनसे इतनी इंटेलीजेंसी की उम्मीद नहीं थी | भला शरलॉक ने ये कैसे जाना ? हैरान मैं भी था |

वो अचानक हंस पड़ा – "यह जान लेना कोई बड़ी बात नहीं | आपने मेरे गले में पहना हुआ लॉकेट देख लिया होगा जिसमें मेरे नाम की 'जे. एच.' की स्पेलिंग लिखी हैं | जे.एच. मतलब जोसफ हैरिसन इज माई नेम | आप यहां पर्सी से मिलने आये हैं |

पर्सी फेलेप्स !

यकीनन कोई भी यह जान जायेगा कि मैं इस फैमिली का नहीं हूं | मेरी बहन एनी से पर्सी की शादी हुई है | इस हिसाब से मैं पर्सी का ब्रदर-इन-ला हुआ | पिछले दो महीने से एनी ही उसकी नर्स भी बनी हुई है और दो टांगों पर खड़ी होकर उसकी देख-रेख कर रही है | हमारे लिये यह जरूरी है कि पर्सी जल्दी से अच्छा हो जाये लेकिन आपकी तेज, चालाक नजर की दाद दूंगा |"

हमें बड़े सम्मान के साथ भीतर ले जाया गया | वह एक फूलों से सजा हुआ कमरा था | चारों तरफ गुलाब के फूल रखे गये थे | सामने बेड पर एक युवक लेटा हुआ था | उसका चेहरा एकदम पीला पड़ गया था | उसकी उम्र कोई पैंतीस के आसपास थी लेकिन बीमारी और चिंता के चलते वो चालीस से कम का नहीं लग रहा था | उसके गाल गड्ढों में धंस गये थे | चेहरे से जैसे तेज छिन गया था | उसके साथ एक यंग और खूबसूरत औरत बैठी थी | शायद वो ही एनी थी | उन्हें देख कर वो उठ खड़ी हुई |

उसने उठते हुए कहा – "पर्सी ! मैं अभी आती हूं |"

वो जाने लगी लेकिन पर्सी ने उसका हाथ पकड़ लिया | यह इशारा था कि वो वहीं रुके | हालांकि जोसफ वहां से चला गया था |

हमें देखते ही पर्सी की बुझी हुई आंखों में एक तेज चमक सी आ गई | उसने मुस्कराने की कोशिश की पर वो हांफ उठा | उसने उठने की कोशिश की लेकिन मैंने आगे बढ़ कर उसे वापस लिटा दिया – "तुम्हें परेशान होने की जरूरत नहीं | प्लीज ! लेटे रहो !"

उसने एनी का हाथ अभी भी नहीं छोड़ा था | शायद वो हाथ उसे इमोशनल सपोर्ट दे रहा था |

"मुझे पता था तुम यहां जरूर आओगे | ओह ! मैं बता नहीं सकता कि तुम्हें यहां देख कर मैं कितना खुश हूं |" उसके चेहरे पर दर्द ही दर्द था |

"हमें भी आपसे मिल कर खुशी हुई मिस्टर पर्सी |" शरलॉक ने आगे बढ़ कर कहा |

हम दोनों उसके पास पड़े हुए सोफे पर बैठ गये | पास की खुली खिड़की से ताज़ी हवा भीतर आ रही थी |

"मैं आपका समय खराब नहीं करुंगा मिस्टर शरलॉक होम्स !" उसने बिना किसी भूमिका के कहा – "मैं आपको बताता हूं कि मेरी खुशनुमा जिंदगी में अचानक ऐसा क्या हुआ कि जिससे मेरी जिंदगी दुर्भाग्य के अंधेरों में घिरती चली गई | मैं शरीर से बीमार नहीं हूं लेकिन मन की बीमारी से मेरा तब तक छुटकारा नहीं हो सकता जब तक मेरी समस्या का समाधान नहीं हो जाता |"

"हमसे जितना हो सकेगा हम करेंगे मिस्टर पर्सी | आप वाटसन के मित्र होने के कारण मेरे भी मित्र हैं |"

"वाटसन ! जैसा कि मैंने अपने पत्र में भी बताया कि मैं विदेश मंत्रालय में महत्वपूर्ण जॉब पर हूं | यह जॉब मुझे मेरे अंकल लोर्ड होल्डहर्स्ट के कारण ही मिली थी | हालांकि वे कहते हैं कि मुझमें वो काबलियत है कि मैं इस जॉब के लिये 'डिजर्व' करता हूं |

यह करीब दस हफ्ते पहले की बात है | एक दिन उन्होंने मुझे अपने ऑफिस में बुलाया | उन्होंने मुझे मेरे बेहतर काम के लिये बधाई दी | मैंने उनका भरोसा हासिल किया था ये मेरे लिये भी गर्व की बात थी | उन्होंने अपनी वॉल्ट में से एक 'रोल ऑफ पेपर ' ला कर मुझे दिया |

उन्होंने बड़े विश्वास के साथ वे पेपर मुझे देते हुए कहा –'देखो पर्सी ! ये इंग्लैण्ड और इटली के बीच हुए एक गुप्त सुरक्षा समझौते के बहुत ही ख़ुफ़िया पेपर्स हैं | इसे तुम 'नेवल ट्रीटी' (The Naval Treaty) का नाम दे सकते हो | इन पेपर्स की एहमियत का अनुमान इसी बात से लगा लो कि अगर ये किसी के हाथ लग जायें तो वो इसे बेच कर इससे लाखों की कमाई कर सकता है |

फ्रेंच और रशियन एम्बेसी में तो इसकी कीमत का तुम अनुमान भी नहीं लगा सकते | यहां तक कि प्रेस-मीडिया भी इन पेपर्स को पाने के लिये इसकी ऊंची कीमत दे सकते हैं | इन पेपर्स को तुम्हें कॉपी करना है | एक-एक शब्द जैसे का तैसे तुम्हें लिखना है | कहने का मतलब है कि तुम्हें इसकी एक कॉपी और बनानी है | तुम अभी अपने ऑफिस में जाकर इसे अपने लॉकर में लॉक कर दो |

जब ऑफिस के सभी वर्कर छुट्टी करके चले जायेंगे तब तुम्हें ये काम शुरू करना है | आज रात तुम्हें देर तक काम करना होगा | जैसे ही ये काम पूरा हो जाये, तुम इन सभी पेपर्स को बहुत ही सम्भाल कर सेफ में रख दोगे और फिर कल सुबह लाकर मेरे सुपुर्द करोगे | इज दैट क्लीयर ?'

'य...यस सर !' यह कहते हुए मैंने उनसे वे पेपर्स ले लिये |"

"एक मिनट ! बीच में टोकने के लिये माफ़ी चाहता हूं |" शरलॉक होम्स ने पर्सी की तरफ देखते हुए पूछा – "जब ये वार्तालाप हो रही थी तब क्या तुम अपने अंकल के साथ वहां अकेले थे ?"

"निश्चित रूप से अकेला था |"

"ऑफिस की दीवारों के भी कान हो सकते हैं |"

"उसकी गुंजाइश नहीं है | ऑफिस एक बहुत बड़े एरिया में फैला हुआ है | वैसे भी हम ऑफिस हॉल के बीचों-बीच थे और बहुत धीरे-धीरे बात कर रहे थे | इतना धीरे कि अंकल की आवाज मेरे ही कानों तक बहुत मुश्किल से पहुंच पा रही थी |"

"ओ. के. ! अब आगे बताओ !"

"मैं वापस अपने ऑफिस पहुंचा | तब तक लगभग सभी क्लर्क्स अपना काम खत्म करके वहां से जा चुके थे लेकिन एन्ड चार्ल्स गोरोट वहां अभी भी बैठा काम कर रहा था | मैं खाना खाने चला गया | जब मैं लौटा तो चार्ल्स भी जा चुका था | मैं अपना काम खत्म कर लेने के रोमांच से भरा था | वो बेहद जिम्मेदारी भरा काम था | मैं उसे जल्दी से जल्दी खत्म कर लेना चाहता था | मैंने दरवाजा अंदर से बंद कर लिया |

जोसफ जिसे यहां सब मिस्टर हैरिसन के नाम से जानते हैं और आप भी थोड़ी देर पहले उनसे मिल चुके हैं, वो भी शहर में था और ठीक ग्यारह बजे की ट्रेन से मेरे साथ जाने वाला था | मैं चाहता था कि उसे मेरा इन्तजार ना करना पड़े या कहीं देरी के कारण मेरी ट्रेन ही ना छूट जाये |

मैंने 'नेवल ट्रीटी' के सभी कागजों को बाहर निकाला और उन्हें डेस्क पर फैला दिया | मैं उन्हें टाइप करने लगा | फ्रेंच भाषा में लिखा हुआ वह एक बहुत लम्बा डॉक्युमेन्ट था | मेरे हाथ जल्दी-जल्दी उसे टाइप करने में लग गये | वह नौ बजे का टाइम था | मैं उस समय तक केवल नौ ही आर्टिकल टाइप कर पाया था जबकि वे कुल छब्बीस आर्टिकल थे |

मुझे लगा कि मैं ट्रेन के टाइम तक उन कागजों को टाइप नहीं कर पाऊंगा | मैं सुबह से काम कर रहा था | मेरी आंखें नींद से भारी होने लगीं थीं | मुझे लगा कि एक कप कॉफी मेरे सोये हुए दिमाग को स्फूर्ति देने के लिये जरूरी है | ऑफिस बॉय हर समय नीचे रहता था | वो उनके लिये कॉफी बनाता था जो कभी-कभी देर तक काम करते थे | मैंने पास ही लगी कॉल बेल की रस्सी खींची | वो रस्सी सीधे ऑफिस बॉय के रूम में लगी घंटी से कनैक्ट थी | ऑफिस बॉय नाम का बॉय था वैसे उसकी उम्र पचास के आसपास थी |

घंटी बजते ही ऑफिस बॉय को वहां आना चाहिये था लेकिन वहां एक औरत को देख कर मैं चौंक पड़ा | उसने एप्रिन बांध रखा था | उसने बताया कि वो ऑफिस बॉय की पत्नी है | इस पर मैंने उसे कॉफी लाने को कहा | वो चली गई |

मैंने दो और आर्टिकल टाइप कर लिये | लेकिन जब काफी देर तक कॉफी नहीं आई और मैं और ज्यादा थकान महसूस करने लगा तो फिर मुझसे नहीं रहा गया | मेरी समझ में नहीं आ रहा था कि कॉफी लाने में इतनी देर क्यों हो रही थी ? मैं बाहर कारीडोर में निकला | कारीडोर में लगभग अंधेरा था | मध्यम पीली हल्की रौशनी थी | मैं सीढ़ी उतर कर नीचे जाने लगा |

यहां से नीचे तक जाने के लिये जो सीढ़ी बनी थी वो एकदम सीधी थी यानी मैं वहां से अपने रूम तक जाने वाले को देख सकता था | ऑफिस में आने-जाने का केवल वही एक रास्ता था | इस सीढ़ी के आधे रास्ते से एक और सीढ़ी सीधे हाथ की तरफ यानी दूसरी तरफ नीचे चली जाती थी | इस सीढ़ी का इस्तेमाल ज्यादातर वो क्लर्क्स इत्यादि किया करते थे जो चार्ल्स स्ट्रीट की तरफ से ऑफिस आते-जाते थे |

जिस तरफ से मैं उतर रहा था उधर की सीढ़ी के आखिर में हल्का सा एक घुमावदार टर्न था और वहीं पर ऑफिस बॉय की लॉज थी | मैं सभी सीढ़ियां उतर कर नीचे हॉल में पहुंचा | वहां पहुंच कर मैंने देखा कि

ऑफिस बॉय घोड़े बेच कर सोया पड़ा है | कॉफी की केतली स्टोव पर रखी है | स्टोव नीली लपटों के साथ जल रहा है | केतली में रखी कॉफी उबल रही है और उबल-उबल कर उसमें से कॉफी नीचे भी गिर रही है |

मैंने उसे झिंझोड़ कर जगाया | वो घबरा कर उठ बैठा | मुझे सामने देख कर वो और भी घबरा गया | मैंने खुद को शांत रखते हुए पूछा –'मैंने तुम्हारी पत्नी को कॉफी लाने भेजा था | कहां है वो और तुम यहां सो रहे हो ?'

'हां ! उसने मुझे बताया था | मैंने कॉफी आग पर चढ़ा दी थी और तभी मेरी आंख लग गई | मैं...!'

"ठीक इसी वक्त उसके सिर के पास लगी हुई कॉल-बेल तेज आवाज करते हुए बजी |"

"वो बेल जो केवल तुम्हारे रूम से ही बजाई जा सकती थी ?" शरलॉक ने उत्सुकता से कहा |

"हां ! आपकी तरह मैं भी उस वक्त बुरी तरह से चौंका था और मेरा ऑफिस बॉय भी |

उसने हैरान होते हुए कहा –'सर ! आप तो यहां हैं | फिर ये 'बेल' कौन बजा रहा है ?'

'कोई वहां है | कोई उन जरूरी कागजातों के पास था यह जानकर मेरे होश उड़ गये | मैं वापस सीढ़ी की तरफ भाग पड़ा | वहां कोई मुझे उतरता हुआ दिखाई नहीं पड़ा | मैं भाग कर कमरे में पहुंचा | वहां भी कोई नहीं था | सब कुछ वैसे ही था जैसे मैं छोड़ कर गया था | डेस्क पर रखे वे कागज भी वैसे ही थे जिन पर मैं कॉपी कर रहा था | लेकिन केवल वही कागज...|

...नेवल ट्रीटी के ऑरिजिनल पेपर्स वहां से गायब थे |"

शरलॉक होम्स अपने दिमाग पर जोर डाल कर कुछ–सोचने की कोशिश कर रहा था – "ओह ! लेकिन तुमने सीढ़ी पर से तो किसी को उतरते हुए देखा ही नहीं ? जबकि ऑफिस तक जाने का एकमात्र रास्ता तुमने बताया कि वहीं से था |"

"हां ! मैं बिल्कुल भी समझ नहीं पाया कि चोर अगर मेरे रूम में घुसा था तो आखिर वो सीढ़ियों पर मुझे मिला क्यों नहीं ?"

"कहीं ऐसा तो नहीं था कि तुम्हारी जानकारी में आये बिना कोई पहले से कारीडोर में छुपा हुआ था | तुमने बताया था कि कारीडोर में लाईट बहुत मध्यम थी ?"

"ऐसा नहीं हो सकता | कारीडोर में छुपने की ऐसी कोई जगह नहीं है |"

"खैर ! आगे क्या हुआ ?"

"ऑफिस बॉय भी मेरे पीछे ही आ गया | हमने चार्ल्स स्ट्रीट की तरफ जाती सीढ़ियों का मुआयना किया | एग्जिट डोर बंद था लेकिन दरवाजे का लॉक खुला था | हम उस दरवाजे को खोल कर बाहर आये कि शायद कोई दिख जाये लेकिन हमें कोई दिखाई नहीं पड़ा | मैंने समय देखा | दस बजने में अभी पन्द्रह मिनट बाकी थे |

बाहर तेज बारिश हो रही थी | चारों तरफ घुप्प अंधेरा था | सड़क पर ट्रैफिक आ-जा रहा था | वहीं हमने एक पुलिस वाले को खड़े देखा | मेरा दिमाग सांय-सांय कर रहा था | मैंने उससे पूछा –'मेरे ऑफिस में कुछ महत्वपूर्ण कागजों की चोरी हुई है | क्या तुमने यहां से किसी को भागते हुए देखा है ?'

'मैं यहां पौन घंटे से खड़ा हूं | मैंने यहां से किसी आदमी को जाते हुए नहीं देखा | हां ! एक लम्बे कद की अधेड़ औरत जरूर इधर से निकली थी जिसने एक शाल पहना हुआ था | वो जल्दी में जरूर थी लेकिन उस पर किसी प्रकार के शक का कोई आधार मेरे पास नहीं था जो मैं उसे रोकता | क्या वो चोर हो सकती है ?'

'ओह ! वो मेरी पत्नी होगी | तैंजी है उसका नाम | थोड़ी देर पहले ही गई थी |'

'उसे गये हुए कितनी देर हुई ?'

'कुछ मिनट |'

'पांच मिनट ?'

'हां ! इससे ज्यादा भी नहीं हुए होंगे |'

'वो किस तरफ गई है ?'

'साब ! आप मेरी पत्नी पर शक कर रहे हैं ?'

'तुम चुप रहो | मुझे बताओ तुम कहां रहते हो ?'

'आप अपना टाइम खराब कर रहे हैं साब ! वो ऐसा नहीं कर सकती |'

'ये मुझे सोचने दो | तुम मुझे अपने घर ले चलो | इसी समय |' मुझे किसी पर ऐतबार नहीं था | यह ऐसा मामला था कि हो भी नहीं सकता था |

'मैं गली के आखिर में रहता हूं | 16, आइवो लेन !'

मैं उस पुलिस वाले को साथ लेकर वहां उसके घर गया | उसकी पत्नी घर पर ही थी लेकिन वहां पूरे घर की तलाशी में वो कागजात कहीं नहीं मिले | इसके बाद हम वापस ऑफिस आ गये | मैंने सीढ़ियों के आसपास देखा कि वहां से शायद किसी के आने-जाने का कोई सुराग हाथ लगे | मेरे हाथ खाली ही रहे | मैंने ध्यान से फर्श को देखा | फर्श क्रीमी लिनोलियम का बना था | उस पर यदि किसी के जूतों के निशान बनते तो वो साफ़ दिखाई पड़ जाते पर वहां ऐसा कुछ नहीं था | अब मेरी टेंशन बढ़ने लगी | किसी अनिष्ट की आशंका से मेरे शरीर में कंपकंपी होने लगी |"

"उस रात बारिश कब से हो रही थी ?" शरलॉक ने प्रश्न किया |

"लगभग सात बजे से |"

"लगभग सात बजे से |"

"फिर यह कैसे हो सकता है कि वो औरत बारिश में चल कर कमरे में आती और उसके कीचड़ से भरे जूतों के निशान भी फर्श पर ना बनते ?"

"हां ! यह सवाल उस समय मेरे भी दिमाग में आया था लेकिन मैं आपको बता दूं कि ऊपर ऑफिस मे किसी को भी जूते पहन कर आने की इजाजत नहीं है | जो भी वहां आना चाहता है वो जूते या चप्पल नीचे ऑफिस बॉय के कमरे में उतार कर वहां से फिर साफ़ चप्पलें पहन कर ही ऊपर आता है |"

"फिर तुमने क्या किया ?"

"मैंने वापस कमरे में जाकर देखा कि कहीं कोई गुप्त द्वार तो नहीं है कमरे से बाहर आने-जाने के लिये | खिड़की तो जमीन से तीस फीट ऊंची थी | वहां से कोई अंदर कैसे आ सकता था ? मैं समझ गया कि जो भी आया है वो मेन दरवाजे से ही अंदर आया है | मगर कौन ? वो कौन था ? मेरी खोपड़ी झनझनाने लगी थी |"

"कमरे में कमरा गर्म करने के लिये फायर-प्लेस भी तो रहा होगा ? क्या पता वहां से चोर भीतर घुस आया हो ?"

"नहीं ! ऐसा कुछ नहीं है |"

"मेरी समझ में तो यह भी नहीं आ रहा कि यदि कोई चोर वहां चोरी के इरादे से आया भी था तो उसने बेल क्यों बजाई ?"

"यह सवाल तो मेरे दिमाग में भी खलबली मचा रहा है |"

"क्या वहां ऑफिस में किसी सिगार की गंध इत्यादि तो नहीं थी ? अक्सर ऐसे क्लूज पर ध्यान नहीं दिया जाता पर ऐसे में इस तरह के क्लूज बहुत मायने रखते हैं |"

"नहीं ! मुझे ऐसी कोई स्मेल महसूस नहीं हुई | वैसे भी मैं स्मोकिंग नहीं करता तो मुझे इस बारे में कोई खास आईडिया भी नहीं है |"

"इसके बाद तुमने क्या किया ?"

"मैं सब तरफ से निराश होने लगा | स्कॉटलैंड पुलिस की जांच में भी कुछ हासिल ना हुआ | इंस्पेक्टर फ़ोर्ब्स इस केस की तहकीकात के लिये आये थे | उन्हें मिसेज तैंजी पर शक था लेकिन उसके खिलाफ कोई सबूत न था | ना ही उसके पास चोरी गये कागजात मिले थे | पहली बार मुझे मेरे पांव के नीचे से जमीन खिसकती महसूस हुई | इतने महत्वपूर्ण कागजात खो गये थे |

मैं क्यों कॉफी लेने नीचे गया जबकि मुझे उन कागजातों की इम्पोर्टेंस के बारे में अंकल ने पहले ही बता दिया था | ये मेरी लापरवाही थी | घोर लापरवाही | भय एक ऐसा फैक्टर है जिसका असर पूरे नर्वस सिस्टम पर पड़ता है | मेरे जिस्म में झुरझुरी दौड़ गई | मेरी तबियत खराब होने लगी | मैं अपनी और अंकल की रेपुटेशन के बारे में सोचने लगा | हम दोनों भारी मुसीबत में पड़ सकते थे |

यह नेशनल सिक्युरिटी का प्रश्न था | इस बारे में सोच-सोच कर मेरी गर्दन शर्म से झुकी जा रही थी | मैंने बाकी पेपर्स को लिया और वापस अपने घर को लौट पड़ा | मेरा एक-एक कदम ऐसे उठ रहा था जैसे एक-एक मन का हो चुका था |

मुझे चक्कर आने लगे | मैं होश खोने लगा | उसी ट्रेन से जा रहे मेरे एक पड़ोसी डॉक्टर फेरियर ने मुझे सम्भाला | वो मुझे घर तक पहुंचाने के लिये

मेरी जो मदद कर सकता था उसने की। मैं बेहोश हो चुका था। फिर मुझे होश आया तो मैंने अपने आप को यहां पाया। इस रूम में। एनी के घर में। एनी के कहने पर हैरिसन मुझे यहां ले आया था। तब से एनी मेरी देख-रेख में लगी है।

ये एक क्षण के लिये भी इस कमरे को छोड़ कर कहीं नहीं गई। मैं समझता हूं कि ऐसे में एनी न होती तो मैं शायद जिन्दा ना बचा होता। इसने मुझे इमोशनली सपोर्ट किया। फिर जब मैंने अपने होशों को थोड़ा दुरुस्त किया तो मुझे तुम्हारी याद आई डॉक्टर वाटसन ! मैंने तुम्हारे दोस्त शरलॉक होम्स के बारे में सुन रखा था। मुझे लगा कि अब तुम्हीं मुझे बचा सकते हो। तुम लोग मेरी आखिरी उम्मीद हो। यदि 'नेवल ट्रीटी' पेपर्स मुझे नहीं मिले तो मैं सचमुच नहीं बचूंगा। मैं किसी को मुंह दिखाने के लायक नहीं रहूंगा।"

"क्या तुम्हारे अंकल को इस बारे में खबर लग चुकी है ?"

"हां ! उन्हें पता लग चुका है। उन्होंने एक पत्र में मुझसे कहा है कि इसकी कीमत चुकानी होगी। मैं जानता हूं कि वो कीमत भारी होगी। मेरी नौकरी जा सकती है। मुझ पर विभागीय कानूनी कार्रवाही हो सकती है। मैं...मैं !"

"तुमने इतने अच्छे ढंग से सारी घटना को बयान किया है मिस्टर पर्सी कि मेरे पास शायद तुमसे पूछने को कोई सवाल नहीं बचा है। एक सवाल और पूछना चाहता हूं कि क्या तुमने उस स्पेशल टास्क के बारे में किसी दूसरे से भी जिक्र किया था ?"

"नहीं ! कभी नहीं !"

"तुम्हारा अपने ऑफिस बॉय के बारे में क्या ख्याल है ?"

"नहीं ! वो पुराना नौकर है। गोल्डस्ट्रीम कम्पनी से उसे प्लेस किया गया था। उस पर मैं शक नहीं कर सकता। वैसे भी जब मैं कमरे से निकल कर नीचे पहुंचा तो वो सो रहा था।"

"ओ. के. मिस्टर पर्सी। शेष सूचनाएं मैं इंस्पेक्टर फ़ोर्ब्स से ले लूंगा। वैसे बड़े ही खूबसूरत गुलाब हैं। गुलाबों की खुशबू वाकई मूड फ्रेश कर देने के लिये काफी है।"

शरलॉक गुलाब को छू कर देखने लगा। मैंने देखा कि शरलॉक की उस हरकत ने पर्सी को और हताश किया था क्योंकि उसे बिल्कुल उम्मीद नहीं

थी कि ऐसी संकट की घड़ी में भी शरलॉक केस के पोइंट्स के बारे में बात ना करके गुलाब की खुशबू के बारे में बातें करेगा | पता नहीं वो शरलॉक के बारे में क्या राय बना रहा होगा ?

"गुलाबों का रंग, इसकी खुशबू, इसकी खूबसूरती, इसके प्रति श्रद्धा सब कुछ अनोखा है | लोग इन्हें 'गेट-वेल-सून' के लिये भी देते हैं | विश करने के लिये भी देते हैं | कमरे की सजावट के लिये भी देते हैं | ये फूल भगवान को अर्पित किये जाते हैं | ये फूल तो उनकी डाली से तोड़ लिये गये हैं फिर भी खिले हुए हैं | मिस्टर पर्सी | ये फूल प्रेरणा हैं ! आशा की उम्मीद हैं | आशायें हैं तो जीवन है और जीवन है तो सब कुछ है | मैं समझता हूं कि जीवन में हमें आशायें नहीं खोनी चाहिये |"

शरलॉक होम्स के उस खूबसूरत फ्लॉवर विश्लेषण पर पर्सी और उसकी पत्नी एनी हक्के-बक्के होकर उसका मुंह ताकने लगे थे | मैं भी अनायास ही मुस्करा पड़ा था | मैं जानता था कि उसकी बातों से पर्सी की खोई हुई हिम्मत को थोड़ा सहारा मिला होगा |

"केस कॉम्प्लीकेटेड है लेकिन ये मेरा वादा है आपसे कि मैं इस केस की तहकीकात करके इसकी तह तक जाऊंगा |"

"क्या आप को किसी पर शक हो रहा है ?" एनी ने पूछा |

"हां ! हो रहा है !"

"किस पर ? कौन है वो ? कौन हो सकता है ?"

"शायद वो मैं हूं !"

"क्या मतलब ?"

"मिसेज एनी हैरिसन | मैं किसी भी निष्कर्ष पर बिना किसी सबूत के नहीं पहुंच जाता | जब तक मेरे हाथ में किसी के विरुद्ध कोई पुख्ता सबूत नहीं है तो मैं किसी सस्पेक्ट का नाम जाहिर नहीं कर सकता | वैसे भी एक दिन में कोई परिणाम निकाल लेना मेरे हाथ और मेरे वश में नहीं |"

"तो फिर लन्दन जाओ और घर पर जाकर रेस्ट करो |" वो थोड़ा चिढ़ कर बोली थी |

"वाटसन ! मैं कहना चाहता हूं कि तुम अपने दोस्त को बता दो कि वो झूठी आशायें ना बांधे | मैं कोशिश जरूर करुंगा लेकिन केस वाकई बहुत उलझा हुआ है |"

दोनों उठ कर चले गये। मिस्टर हैरिसन उन्हें स्टेशन तक छोड़ने आया। दोनों ट्रेन पर सवार हो गये। शरलॉक काफी देर तक चुप रहने के बाद बोला – "आखिर किसे इस चोरी में सबसे ज्यादा फायदा हो रहा है ? कौन उन पेपर्स का फायदा उठाना चाहता है ? वो कोई रशियन राजदूत है ? कोई फ्रेंच है ? या फिर खुद पर्सी का अंकल लोर्ड होल्डहर्स्ट !"

"लोर्ड होल्डहर्स्ट !"

"फिलहाल हम अखबारों में एक विज्ञापन देंगे। विज्ञापन का मैटर ये होगा – "23 मई की रात को पौने दस बजे चार्ल्स स्ट्रीट की तरफ से विदेश मंत्रालय के ऑफिस के दरवाजे पर रुकने वाली कैब का नम्बर जो भी बतायेगा उसे दस पाउंड्स का इनाम दिया जायेगा। आकर मिलें – 22 / बी, बेकर्स स्ट्रीट !

"कमाल है ! क्या चोर कैब में चोरी करने आया होगा ?"

"नहीं भी आया होगा तो भी इसमें कोई नुक्सान नहीं है। मैंने इसलिए कहा है क्योंकि फेल्प्स के अनुसार उसने किसी को बाहर आते-जाते नहीं देखा था। हो सकता है कि कोई बाहर से ही आया हो और चोरी के बाद तेजी के साथ कैब में बैठ कर निकल गया हो। यदि फर्श पर किसी के कीचड़ सने या गीले जूतों के निशान नहीं मिले हैं तो हो सकता है कि वो कैब में ही आया हो और ठीक दरवाजे पर उतरने के बाद सीधा ही अंदर चला गया हो। बिना भीगे हुए। मुझे लगता है कि हम सही दिशा में जा रहे हैं।"

"मैं उस बेल के बारे में भी सोच रहा हूं जो उस समय अचानक बजाई गई। आखिर चोर ने कॉलबेल क्यों बजाई होगी ?"

"हो सकता है वो गलती से बज गई हो ?"

"शायद !" वे स्कॉटलैंड यार्ड के इंस्पेक्टर फ़ोर्ब्स से मिलने पहुंचे थे।

उसने बताया – "तैंजी और उसके पति को जो उस ऑफिस का ऑफिस बॉय भी है, इस केस में पकड़ा गया था लेकिन इस मामले में ऑफिस बॉय का कोई लेना-देना नहीं है। हमें उसकी बीवी पर शक है। वो कुछ बुरी आदतों की शिकार है। वो शराब का भी सेवन करती है। मुझे लगता है कि वो कुछ जानती है इस बारे में।"

"आपने उससे पूछा कि वो उस रात जल्दी में क्यों थी ?"

"हां ! पूछा था। उस दिन बारिश थी। वो जल्दी से घर पहुंचना चाहती थी।"

“हमने क्लर्क गोरोट से भी पूछताछ की जो उस रात देर तक काम कर रहा था, लेकिन कुछ हासिल नहीं हुआ |”

इसके बाद हम दोनों पर्सी के अंकल होल्डहर्स्ट से भी मिले लेकिन वो इस मामले में इन्वॉल्व नहीं लगा |

अगले दिन !

हम दोनों वापस पर्सी के पास पहुंचे | पर्सी ने बताया कि दो महीनों में आज पहली बार ऐसा हुआ कि वो अपने कमरे में अकेला था | एनी की तबियत कुछ ठीक नहीं थी | वो दूसरे कमरे में सोने चली गई थी | उसने एक और विशेष बात बताई | उसकी नींद किसी खटके से खुल गई थी | उसने उठ कर देखा तो साथ वाले कमरे की लॉन की तरफ वाली खिड़की पर उसे एक साया दिखा | उसके हाथ में चाक़ू जैसी कोई चीज थी | वो बाहर से उस कमरे की खिड़की के शीशे को उठाने की कोशिश कर रहा था |

शायद वो अंदर आना चाहता था | मैंने उस कमरे में जाने के लिये जैसे ही दरवाजा खोला तो दरवाजा खुलने की आवाज सुनकर ही शायद वो घबरा कर वापस कूद गया और अस्तबल की तरफ भाग गया | मैं नहीं समझ सका कि वो कौन था और घर में कैसे घुसा ? मैंने इस बारे में सुबह किसी से कुछ नहीं कहा |

“आप बीमारी की इस हालत में हैं | फिर आज रात अकेले भी थे | ऐसे में कोई भ्रम हो जाना बड़ी बात नहीं | आप श्योर हैं कि वो कोई साया ही था ?”

“इस बारे में मैं बिल्कुल श्योर हूं | क्या वो कोई चोर होगा ?”

“हमें देखना होगा |”

हम दोनों बाहर आ गये | बाहर मिस्टर जोसफ हैरिसन मिले | शरलॉक ने उन्हें रात वाली घटना बताई |

“यह नहीं हो सकता |”

“क्यों ?”

“क्योंकि फेल्प्स के कमरे में जाने का कोई सीधा रास्ता नहीं है | वहां जाने के लिये उसे लगभग सात कमरों से गुजर कर जाना पड़ता यानि एक कमरे से ही दूसरे कमरे में जाने का रास्ता है |”

"ओह !" हमने देखा कि उस कमरे की खिड़की अधिक ऊंचाई पर नहीं थी | शरलॉक ने वहां किसी के जूतों के निशान होने की बात मुझे बताई | खिड़की को शटर की तरह ऊपर करके खोला जा सकता था | वो कुछ इंच ऊपर थी | उसे खोलेने की चेष्टा की गई थी | यानी ये बात सच थी कि रात को कोई साया वहां से पर्सी के ठीक पहले वाले कमरे में जाने की चेष्टा कर रहा था | इसके बाद शरलॉक ने पर्सी को आगाह किया कि वो आज की रात भी कमरे में अकेला ही रहने की पूरी चेष्टा करे |

"चोर अक्सर घर की रेकी करके ही घर में सेंध लगाने की कोशिश करते हैं | क्या घर में कोई ऐसी कीमती चीज है जिसके बारे में किसी घर में आने-जाने वाले बाहर के आदमी को पता हो ? कोई गोल्ड ज्यूलरी या कोई और ऐसी चीज जिसे घर का कोई सदस्य पहनता हो ?"

"इस घर में ऐसी कोई वैल्युबल चीज नहीं है |" पर्सी ने जवाब दिया |

उसी रात |

"सवाल ये है कि यदि वो चोर था तो आसान टारगेट वाले पहले छह खाली कमरों को छोड़ कर घर के पिछवाड़े के लॉन से सात कमरों का इतना फासला तय करके उसी कमरे में क्यों घुसने की कोशिश कर रहा था जिससे अगले ही कमरे में कोई आदमी मौजूद था ? चोर को तो पीछे वाले खाली रूम को ही टारगेट करना चाहिये था ? हमें आज की रात बहुत सावधानी से फिर से उसी खिड़की पर निगाह रखनी होगी |"

"क्या वो फिर से आएगा ?"

"रात पर्सी की नींद खुल जाने से वो भाग गया था | यदि वो एक साधारण चोर है तो नहीं आयेगा | लेकिन यदि उसका मकसद कुछ और है जोकि जाहिर है कि वो पूरा नहीं हुआ है, तो यकीनन वो फिर आयेगा |"

शरलॉक होम्स के साथ मैं भी तैयार था | हम लोग अस्तबल में छुप गये थे | वहां से हम उस खिड़की पर नजर रख सकते थे जो पर्सी के पहले वाले कमरे में खुलती थी |

आधी रात के बाद उन्हें कोई आहट सुनाई दी | खिड़की पर फिर से एक साया देख कर वे चौंक पड़े | साया खिड़की के शीशे को शटर की तरह ऊपर करने की कोशिश कर रहा था | वो अपने इरादे में सफल हुआ | खिड़की में कोई ग्रिल ना होने के कारण वो आसानी से उसमें भीतर चला गया | शरलॉक होम्स ने देर करना उचित नहीं समझा | खिड़की अभी भी खुली

हुई थी | वो स्वयं वाटसन को बाहर ही रुकने को कह कर और किसी को भी वापस बाहर आते देख कर उसे ना पकड़ने की चेतावनी देकर उसी खिड़की से भीतर सरक गया |

साया कमरे में कुछ ढूंढ रहा था | पर्सी उससे सटे हुए अगले ही कमरे में अपने बिस्तर पर अकेला सोया पड़ा था | कमरे में और कोई नहीं था | साया एक सोफेनुमा कुर्सी के निकट पहुंचा | इसी पल उसके हाथ में कुछ चमका | वो चाक़ू था | उसने उस कुर्सी को पलट दिया | कुर्सी का नीचे की तरफ वाला हिस्सा जो कुर्सी पलट देने से अब ऊपर की तरफ आ गया था, उसने चाकू से चीर दिया | चाक़ू शायद वो इसी उद्देश्य से साथ लाया था | उसने उस चीरे हुए हिस्से से कुछ निकाला | उसके हाथ में कुछ कागजों का पुलंदा था |

ठीक इसी पल शरलॉक बाज के समान उस पर झपट पड़ा | साया बुरी तरह से घबरा गया | उसके हाथ से वो पुलंदा छूट गया | उसने हाथ में थमे चाकू का प्रहार शरलॉक पर किया | शरलॉक होम्स सावधान था लेकिन रोकते-रोकते भी चाकू उसकी हथेली पर लग गया | हथेली घायल हो गई | चोर उसे धक्का देकर उसी खिड़की से निकल कर भाग गया |

शरलॉक जानता था कि बाहर वाटसन है लेकिन शरलॉक के आदेश के अनुसार उसने उस साये को रोकने की कोशिश नहीं की थी |

थोड़ी ही देर में खुद शरलॉक भी बाहर निकला | उसे देखते ही वाटसन उसके निकट आ गया – "कौन था वो ? और...ओह ! तुम्हारे हाथ से खून निकल रहा है ?"

"हां ! मुझे बैंडेज की जरूरत है |"

इसके बाद हम अपने कमरे में आ गये | मैंने शरलॉक की हथेली पर बैंडेज बाँध दी | अंदर हुआ क्या था ? इस प्रश्न पर शरलॉक ने सुबह की प्रतीक्षा करने को कहा | अगले दिन पर्सी उसके हाथ पर पट्टी बंधे देख कर चौक पड़ा था | शरलॉक ने उसे रिलेक्स रहने को कहा | उसकी बेचैनी बढ़ती जा रही थी | उसकी तबियत रह-रह कर खराब हो जाती थी | शरलॉक की तरफ से उसे अभी तक कोई गुड न्यूज नहीं मिली थी | इसी से उसकी बेचैनी बढ़ गई थी |

"पर्सी ! मैं समझता हूं कि तुम्हें एनी के साथ लन्दन मेरे घर बेकर्स स्ट्रीट आना होगा |"

"लन्दन ?"

"हां ! मेरी कुछ इन्वेस्टिगेशन अधूरी है जो लन्दन जाकर पूरी होगी | तो हम कल नाश्ते की टेबल पर मिलते हैं |"

"लेकिन मैं ...?"

"तुम्हें आना होगा पर्सी |"

"यदि आना जरूरी है तो मैं इन्हें लाने का वादा करती हूं |" एनी ने कहा |

अगले दिन पर्सी और एनी बेकर्स स्ट्रीट पहुंचे |

शरलॉक होम्स और मैं पहले से ही नाश्ते की टेबल पर जमे हुए थे | पर्सी डिप्रेस लग रहा था लेकिन गनीमत ये थी कि वो यहां आ गया था |

मिसेज हडसन नाश्ते की प्लेट्स सजा कर चली गईं | सभी प्लेट्स ढकी हुई थीं | उनमें से चिकन इत्यादि मसालों की खुशबु आ रही थी | शरलॉक ने मुस्करा कर कहा – "मिस्टर पर्सी ! मेरे ख्याल में अब नाश्ता शुरू किया जाये |"

"लेकिन क्या हम यहां... ?"

"हां ! तुम हमारे मेहमान हो | नाश्ता जरूरी है क्योंकि यदि तुम नाश्ता नहीं करोगे तो तुम्हारी सेहत अच्छी कैसे होगी ? प्लेट के ऊपर से ढक्कन हटाओ |"

"हटाओ ! तुमने बहुत दिनों से चिकन नहीं खाया है ?" वाटसन ने कहा |

पर्सी ने अनमने ढंग से प्लेट का ढक्कन हटाया | नीचे किसी डिश की जगह कुछ कागजों का रोल देखते ही उसकी आंखें आश्चर्य से फ़ैल गईं | एनी ने भी हैरानी से उन कागजों को देखा |

"ये क्या है ?"

"उठा क़र देखो |" शरलॉक ने कहा |

पर्सी ने उन कागजों के रोल को खोल कर देखा और इसी पल उसकी बांछें खिल गईं | वो खुशी से जैसे नाच ही उठा – "ओह ! ओह ! माई गॉड ! य... ये तो नेवल ट्रीटी है ! ये तुम्हें कहां मिली ? ओह ! गॉड ! आखिर तुमने इसे ढूंढ लिया | उफ़ !" उसकी बुझी हुई आंखों में जिंदगी की चमक जैसे लौट आई थी |

एनी भौंचक्की हो उठी |

शरलॉक और मैं नाश्ते को प्लेट्स में डाल रहे थे |

"य...यह कैसे हुआ ? कौन है वो चोर ? कौन ले गया था इसे और आखिर तुमने इसे कहां पाया ?"

"चोर बाहर का नहीं है | वो तुम्हारा ब्रदर-इन-ला जोसफ हैरिसन है |"

"जोसफ ! जोसफ हैरिसन ? ओह ! नहीं ! यह कैसे हो सकता है ?"

एनी ने भी अविश्वास भरी निगाहों से उनकी तरफ देखा |

"हां ! ट्रीटी का चोर तुम्हारा ब्रदर-इन-ला जोसफ ही है | एनी का भाई | हमें ये कागजात उसी के पास से मिले हैं | वो कल रात इसे उस कमरे

से चुराने आया था जो तुम्हारे कमरे से ठीक पहले पड़ता है | तुमने ही बताया था ना कि एक रात पहले ही तुमने भी एक साये को उस कमरे की खिड़की पर मंडराते हुए देखा था...भीतर घुसने की कोशिश करते हुए ?"

"हां !"

"वो कोई और नहीं मिस्टर हैरिसन ही थे |"

"लेकिन तुमने कैसे जाना कि ट्रीटी का चोर वही है ?" एनी ने भौंचक्के होकर कहा |

"सच्चाई ये है कि मिस्टर हैरिसन चार्ल्स स्ट्रीट की तरफ से ऑफिस में आये इसलिए तुम्हें सीढ़ियों से उतरते-चढ़ते हुए दिखाई नहीं दिए | वो उस समय आया जब तुम नीचे ऑफिस बॉय के पास गये थे | वो यह जानने आया था कि तुम दस बजे स्टेशन क्यों नहीं पहुंचे थे ? किन्तु तुम्हें अपने ऑफिस में ना देख कर उसने बेल बजा कर ऑफिस बॉय को बुलाना चाहा ताकि वो जान सके कि तुम कहां थे ? लेकिन ठीक उसी समय उसकी निगाहें ट्रीटी पर पड़ गईं |

उसे लगा कि जैसे खजाना हाथ लग गया हो | उसने एक पल की भी देर नहीं की | वो उन कागजों की कीमत जानता था | उसनें तुरंत उन कागजों को समेटा | वो जानता था कि उसने बेल बजा दी है तो कोई ना कोई आता ही होगा ऊपर | एक क्षण भी व्यर्थ ना करते हुए वो वहां से भाग निकला |

लेकिन इतने महत्वपूर्ण कागजों को किसी सुरक्षित जगह पर छुपाना जरूरी था | उसने घर आकर कागजों को एक कमरे में छुपा दिया लेकिन बदकिस्मती से यह कमरा उस कमरे से बिल्कुल सटा था जहां एनी बीमारी के कारण पर्सी फेल्प्स को भी ले आई | पर्सी की हालत नाजुक थी | उसने एक मिनट के लिए भी एनी को अपने से अलग नहीं किया | हर समय कोई ना कोई उस कमरे में रहता था |

पर्सी की हालत के कारण एनी दिन रात जागती थी | इस कारण हैरिसन उन कागजों को छुपाई हुई अपनी जगह से बाहर ना निकाल पाया |लेकिन हमारे आ जाने से उसे कागजों के पकड़े जाने का डर हुआ | वो रिस्क लेकर भी उन्हें वहां से बाहर निकाल लेना चाहता था | उस रात उसे मौका मिला |

वो रात को कागजात लेने आया लेकिन पर्सी की नींद खुल जाने से उसे भागना पड़ा | अगले दिन मैंने उसे दबोच लिया | वो हालांकि वहां से भाग

निकला | मैं उसकी शक्ल भी नहीं देख पाया था लेकिन कागजों को देखने के बादअब तक मैं उसे पहचान चुका था |"

"ल...लेकिन तुम्हें हैरिसन पर शक कैसे हुआ ? तुमने कैसे उसे पहचान लिया ?"

"तुम्हारे मुंह से एक ब्रिलियेंट कहानी सुनने के बाद मैं यही सोच रहा था कि वहां आने का मौका किसके पास था ? ऑफिस बॉय और उसकी पत्नी पर मेरा शक नहीं था | कोई भी उम्रदराज औरत कागज चुरा कर इतनी तेजी के साथ वहां से नहीं निकल सकती थी | तब मेरा शक गया हैरिसन पर जिसके बारे में तुमने बताया था कि वो तुम्हारे साथ दस बजे की ट्रेन से जाने वाला था |

सवाल ये उठा कि जब वो जाने वाला था तो तुम्हें ना आया देख कर वो यह जानने क्यों नहीं आया कि तुम क्यों नहीं आये ? जबकि हकीकत ये थी कि वो आया था | तुम्हारे ऑफिस में आने के बाद बाकी सब कुछ वैसे ही हुआ जैसा कि मैंने बताया | वो आया | कागज चुराए और चला गया |

बस इतनी सी कहानी है | तुम्हारे डिप्रेशन को दूर करने के लिये मैं चाहता था कि तुम उस कमरे से बाहर निकलो | इसलिए मैंने तुम्हें बेकर्स स्ट्रीट आने के लिये इनवाईट किया | अब तुम चैन से नाश्ता कर सकते हो |"

"मैं सोच भी नहीं सकता था कि हैरिसन ही वो चोर होगा |"

"वो उन कागजों को बेच कर उससे मोटा पैसा कमाने के फेर में था |"

"अब मुझे हैरिसन का क्या करना चाहिये ?"

एनी ने बेचारगी के साथ उसकी तरफ देखा |

"यह तुम्हारे फैसले पर निर्भर करता है |" शरलॉक ने कहा और इसके बाद हम दोनों नाश्ता करने लगे |

"मैं उसे जेल तो नहीं भिजवा सकता लेकिन मैं उससे अब कोई सम्बन्ध भी नहीं रखूंगा |"

एनी उसके इस निर्णय से आश्वस्त थी | सचमुच हैरिसन ने जो किया था उसके बाद पर्सी का निर्णय एनी के रिश्ते के अनुसार न्यायपूर्ण था | एनी ने उसे एक्सेप्ट किया था |

❑❑❑